Hedwig Courths-Mahler

Annedores Vormund

Ihr Retter in der Not

Zwei Erzählungen in den
Originalfassungen von 1920 und 1926

Hedwig Courths-Mahler: Annedores Vormund / Ihr Retter in der Not. Zwei Erzählungen in den Originalfassungen von 1920 und 1926

Annedores Vormund:
  Erstdruck: Leipzig, Verlag von Friedrich Rothbarth, 1920
Ihr Retter in der Not:
  Erstdruck: Leipzig, Verlag von Friedrich Rothbarth, 1926

Neuausgabe
Herausgegeben von Karl-Maria Guth
Berlin 2023

Der Text dieser Ausgabe wurde behutsam an die neue deutsche Rechtschreibung angepasst.

Umschlaggestaltung von Thomas Schultz-Overhage unter Verwendung des Bildes: Pierre-Auguste Renoir, Nähende junge Frau, 1879

Gesetzt aus der Minion Pro, 12 pt

Die Sammlung Hofenberg erscheint im Verlag
Henricus - Edition Deutsche Klassik GmbH, Berlin
Herstellung: Amazon Media EU S.à.r.l.

ISBN 978-3-7437-4357-1

Annedores Vormund

Mitten im herrlichen Buchenwald lag ein großes Haus. Das ganze blitzsaubere Anwesen atmete Wohlhabenheit und schien die Wohnung glücklicher Menschen zu sein.

Drei Menschen wohnten in dem schönen Waldgut in glücklicher Einsiedelei. Georg Buchenau, und seine Frau Leonore, eine sanfte Blondine, häuften die ganze Liebe ihrer reichen Herzen auf ihr einziges Kind.

Annedore Buchenau war siebzehn Jahre alt. Ihr goldblondes Haar war mit breitem Seidenband aufgebunden. Wunderschöne, sanfte blaue Augen und ein fein gezeichneter Mund gaben ihrem Gesicht süßen Reiz. Wie alle einsamen Menschen, so lachte auch sie selten – aber wenn sie lustig war, klang ihr Lachen wie Lerchenjubel, und ihr ganzes Gesicht war dann in Jugend und Frohsinn getaucht.

Diese drei seltenen Menschen hingen mit so inniger Liebe aneinander, dass sie gar keinen Verkehr suchten. Die Einsiedler von Buchenau hießen sie in der ganzen Nachbarschaft, und die umwohnenden Gutsbesitzer sahen oft ein wenig spöttisch auf das glückliche Familienleben in Buchenau.

Und dann kam ein Tag, der mit einem Schlag das Glück der drei Einsiedler zerstörte.

Leonore Buchenau war an einem heißen, schwülen Gewittertag mit ihrem Mann ausgeritten.

Annedore hatte auf der kleinen Freitreppe gestanden und nach einem zärtlichen Abschied den Eltern mit einem Gefühl eigenartiger Beklemmung zugesehen, wie sie ihre nervösen, unruhigen Pferde bestiegen.

Leonore Buchenau ritt mit ihrem Mann in ruhigem Schritt ein ganzes Stück des Weges. Mit tiefen, durstigen Atemzügen trank sie den mit tausend taumelnden Düften gefüllten Hauch des Waldes. Ihre strahlenden Augen richteten sich auf ihren Mann:

»Schön – Georg – wunderschön!«

»Ja – Leonore – es war eine gute Idee von dir – im Zimmer war es fast nicht mehr zum Aushalten, wenn das Gewitter nur endlich herunterwollte.«

»Georg – aber doch nicht gerade jetzt, während wir unterwegs sind!«, rief sie lachend.

Lange ritten sie durch den stillen Wald.

Plötzlich schreckte sie ein heftiger Windstoß aus ihrer Träumerei. Er heulte, pfiff und zauste die jahrhundertealten Bäume, dass sie sich jammernd und ächzend der stärkeren Gewalt beugten.

Ehe Leonore sich von ihrem Schrecken erholt und die Gewalt über sich wiedererlangt hatte, folgte dem Windstoß ein Blitz und ein Schlag von so ungeheurer Kraft, dass Leonore aufschreiend die Züge ihres scheuenden Pferdes fallen ließ.

»Halt dich im Sattel – Leonore.« Außer sich vor Angst rief Georg es seiner Frau nach. Und die Sporen seinem Tier in die Weichen schlagend, versuchte er, das scheuende Pferd seiner Frau einzufangen.

Leonore sah ihr Ende vor sich. Das Pferd würde über eine starke Wurzel straucheln, sich überschlagen und sie unter sich begraben.

Georg sah noch eine andere Gefahr für sie. Wie in einem entsetzlichen, quälenden Traum bemühte er sich vergeblich, seiner Frau eine Warnung zuzurufen. Die furchtbare Aufregung, die leidenschaftliche Angst um Leonore raubten ihm die Kraft, Worte zu formen. Er konnte nur immer Schreie namenloser Angst ausstoßen.

Sosehr er seinen Gaul antrieb – er erreichte das fliehende Pferd doch nicht – und da kam auch das Entsetzliche – der Baum –, der Leonores Verhängnis werden sollte. – Ziemlich tief wuchs ein starker Ast einer vielhundertjährigen Buche quer über den Weg!

Jeder Reiter musste sich bücken, um ungefährdet unter der Blätterpracht durchzukommen.

Georg sah das Entsetzliche – und wieder rang sich ein verzweifelter Schrei aus der Brust.

Angstvoll starrte Leonore rückwärts – da war es auch schon geschehen! Ein heller Schrei – und leblos lag Leonore am Boden. Für Georg Buchenau war diese schreckensvolle Sekunde zu viel! Ein gnädiges Schicksal erlöste ihn von seinem Jammer. Ein Herzschlag machte seinem Leben ein Ende.

Viele Stunden später fanden Waldarbeiter das verunglückte Ehepaar. Auf rohen, tannengezimmerten Bahren schleppten sie die Verunglückten heim.

Zitternd vor Aufregung wartete Annedore auf die Heimkehr der Eltern. Stunden vergingen – da hörte sie zögernden Hufschlag, und im strömenden Gewitterregen trabte herrenlos das Pferd ihrer Mutter vor das Haus.

Tief erblasst starrte Annedore auf das Pferd.

»Ein Unglück!«, schrie es in ihrem Herzen.

Die Knechte und die Dienerschaft hatten sich, von dem herrenlos heimkehrenden Pferd der Herrin alarmiert nach allen Seiten auf die Suche nach den Verunglückten gemacht, als ihnen der traurige Zug begegnete.

Und wenige Minuten später sah ihn auch Annedore mit versagendem Herzschlag dem Hause nahen.

An ihr vorbei trugen die schreckensblassen Leute die verunglückte Herrschaft. Und langsam – mechanisch folgte Annedore, mit jenem stumpfen Begreifen, das einer leidenschaftlichen Trauer vorauszugehen pflegt.

Georg Buchenau war tot. Leonore Buchenau lebte noch – wenn auch nur matte Lebenszeichen davon zeugten.

Die umsichtige Haushälterin hatte einen Boten zum Arzt gesandt. Dann hatte sie behutsam das Blut von dem bleichen Gesicht der Herrin gewaschen und eine Art Notverband angelegt. Jetzt flößte sie ihr einen belebenden Trank ein und blickte dabei innig besorgt auf Annedore, die stumm und starr am Fußende des Bettes saß.

»Annedore – Sie sollten sich ein bisschen zusammennehmen, wenn Sie Ihre liebe Mutter so sieht, wird sie sich erschrecken.«

Gedankenlos antwortete Annedore mit tonloser Stimme: »Ja – Frau Nehren!«

Und saß wieder stumm und starrte, die kleinen Hände krampfhaft verschlungen, viele, viele, endlos schleichende Minuten, bis man unten durch den jetzt demütig stummen, erschöpften Wald den Doktorwagen heranrollen hörte.

Da sprang Annedore auf, lief wie gejagt hinunter und flog dem Arzt, dem einzigen Freund ihrer Eltern, jammernd um den Hals.

»Onkel Doktor – Onkel Doktor!« Dann kam eine Ohnmacht und erlöste das erschütterte, junge Menschenkind auf wenige Minuten von seiner großen Pein.

Frau Nehren kam auf Dr. Frensens Ruf schnell herunter und nahm dem Arzt das arme Mädchen ab.

»Frau Nehren – halten Sie das Kind in ihrem Zimmer fest. Ich will sehen, ob ich noch retten kann.«

Damit stieg Peter Frensen eilig hin zu den Verunglückten.

Peter Frensen war innig befreundet mit den Buchenaus. Eine Freundschaft, die ihre Feuerprobe in dem stillschweigenden Verzichte erhielt, den Peter auf Frau Leonore leistete.

Auf einer Reise nach dem Süden hatten sich Frensen und Buchenaus kennengelernt, und eine seltene Freundschaft war aus der flüchtigen Reisebekanntschaft erwachsen. Nie hatte Peter mit einem Wort oder Blick seine innige Liebe für Leonore verraten. Aber an einem mondhellen Juliabend, als man auf der Veranda saß, hatte ein einziger kleiner Augenblick Leonore Peters Leiden und sein Heldentum verraten, und mit einem gerührten Lächeln hatte sie sein großes Geheimnis in ihrem eigenen Herzen eingesargt.

Später bewarb sich Peter Frensen um die Kreisarztstelle in der Nähe Buchenaus, und als er sie erhalten, war er ein oft und gern gesehener Gast in Buchenau.

Mit Annedore, die ihm mit ihren siebzehn Jahren im Vergleich zu seinen fünfunddreißig wie ein Kind vorkam, verband ihn eine kleine, eifersüchtige Freundschaft. Peter liebte und verwöhnte in Annedore ihre heimlich angebetete Mutter und beide stritten sich lustig um den ersten Platz bei den Eltern.

Bleischwer waren Peter Frensen die Füße, als er hinauf zu den Verunglückten stieg.

»Herrgott im Himmel – gib mir einmal – ein einziges Mal Wunderkraft – erlaube mir zu retten, was unrettbar scheint!« Dies Gebet stieg aus seinem Herzen zum Himmel empor.

Mit festen Schritten trat er an das Lager Leonores, und dem geübten Auge des Arztes enthüllte sich die Hoffnungslosigkeit des Falles sofort. Blass bis in die Lippen wendete er sich um, um erst nach seinem Freund Georg zu sehen.

»Tot!«

Er konnte nichts anderes tun, als die treuen, gebrochenen Augen mit zitternden Händen zu schließen – der Jammer wollte ihn schütteln – aber fest biss er die Zähne zusammen und murmelte: »Später – Georg, später – jetzt darf ich noch nicht – Leonore ist vielleicht noch zu retten!«

Nach langem Bemühen gelang es ihm endlich, das fliehende Leben in Leonore festzuhalten. Illusionen gab er sich nicht hin. Leonore war eine Todgeweihte, und alles, was er dem grimmigen Gegner abringen konnte, waren ein paar Minuten – in denen noch einmal Leonores Augen strahlten, noch einmal ihre Stimme erklingen würde.

Langsam hob sie die schweren Lider.

»Peter – Sie?«

Peter gab ruhig die Antwort: »Ja – Frau Leonore – Sie wollen mir ja Arbeit geben?«

Leonore griff nach dem Verband um ihren Kopf und stammelte leise:

»Ich habe unerträgliche Kopfschmerzen – können Sie mir nichts dagegen geben?«

»Ich gab Ihnen schon Brom, Leonore.«

»Sagen Sie, Peter – wo ist Georg?«

Einen Augenblick zögerte Peter nur mit der Antwort, schon weiteten sich Leonores Augen in schreckvollem Erinnern, und leise flüsternd klang es angstvoll:

»Jetzt – jetzt weiß ich – der Unfall – Peter, wo ist Georg – er lag so stumm neben mir – und ich konnte ihm nicht helfen – wo ist er, Peter –«

»Liebste Frau Leonore, er liegt oben in seinem Zimmer, auch mit einem Verband um den Kopf.«

»Ich möchte zu ihm! Ob er wohl auch so unerträgliche Kopfschmerzen hat?«

»Nein, Frau Leonore, er ist vollkommen schmerzlos.« –

Ganz starr und mit unheimlicher Gewissheit, wie schon aus einer anderen Welt, antwortete Leonore: »Dann – ist er ja tot –«

Peter starrte die blasse Frau mit den unnatürlich hellen Augen angstvoll an:

»Kommen Sie doch zu sich, Leonore!«

»Ich bin ganz klar – nur so sonderbar, ich kann gar nichts mehr empfinden. Peter, sehen Sie mich an – ich muss auch sterben?«

Und als Peter verneinend antworten wollte, hob sie matt die blasse Hand: »Nicht lügen, Peter – ich sterbe doch!«

Da glitt der starke, große Peter Frensen wie ein Kind in die Knie.

»Peter – nicht weinen! Ich möchte noch etwas mit Ihnen besprechen –! Hören Sie mich an. Bei Ihrer Liebe zu mir, verlassen Sie meine arme, kleine Annedore nicht!«

Peter blickte erschauernd in das unnatürlich starre Gesicht, dessen Ausdruck in gar keinem Verhältnis zu den schwerwiegenden Worten stand.

»Sie wussten – Leonore?«

»Ja – armer Peter – bleiben Sie bei Annedore – versprechen Sie mir das!«

»Ich schwöre es bei meiner Liebe zu Ihnen – bei meiner Freundschaft zu Georg – Annedore ist mir Ihrer beider heiliges Vermächtnis, nie, nie trenne ich mich von dem Kind!«

Ein kaum verständliches:

»Dank – Peter!«

Dann streckte sich Leonore, und der letzte Seufzer entfloh dem halb geöffneten Munde.

Wie erstarrt blieb Peter sitzen – er fand nicht einmal die Kraft, die gebrochenen Augen zu schießen, bis ihn dann der elementare Jammer überfiel. Mit leidenschaftlicher Gebärde warf er sich über die tote, geliebte Frau.

Mit beiden Armen umklammerte er Leonore, bis ihn plötzlich ein sonderbarer Laut, ein heller Warnungsruf aus seiner schmerzvollen Ekstase riss. Er blickte auf. In der Tür stand Annedore, fast feindlich kreuzte ihr Blick den seinen, und ihre Kinderstimme klang spröde und hart: »Was tust du da?«

Schuldbewusst stand Peter vor dem Mädchen – einen Augenblick, dann war er Herr der Situation. »Annedore – Liebling – komme einmal zu mir –«

Zögernd kam Annedore herbei, und alle Feindschaft wandelte sich in ihren sprechenden Zügen in Angst. »Was ist mit Mutti?«

»Sieh, Annedore – wir beide müssen nun fest zusammenhalten –«

»Onkel Doktor – ist Mutter – ist Mutter – o mein Gott – Mutter auch!«

Einen furchtsamen Blick warf Annedore auf die tote Mutter, dann brach ein jammervoller Schrei über ihre Lippen, und ehe Peter sie halten konnte, stürzte sie mit einem dumpfen Laut zusammen. Die Erkenntnis dieses neuen Jammers war zu viel für Annedore – eine lange, schwere Krankheit kam über das erschütterte junge Menschenkind. – – – – –

Endlich war Annedore wieder genesen. Ihre Wangen begannen sich erneut zu röten, allein mit ihrer Gemütsstimmung wollte es nicht besser werden, auch nicht, als Schnee und Eis draußen einem drängenden Frühling wichen.

Teilnahmslos verbrachte sie ihre Tage.

Da entschloss sich Peter, der dauernden Aufenthalt in Buchenau genommen hatte, zu einer scharfen Kur. Eines Tages trat er bei Annedore ein – zwei Totenkränze hingen an seinem Arm, und mit fester Stimme, der er absichtlich Härte verlieh, gebot er ihr: »Annedore – mach dich fertig – wir müssen nun endlich einmal die Gräber deiner Eltern besuchen!«

Annedore taumelte in die Höhe. Einen kurzen, armen Augenblick zeigte ihr Gesicht Leben und Verstand, dann ging sie, sich fertig zu machen.

Mit Herzklopfen hatte Peter jeden Wechsel ihrer Mienen beobachtet, und langsam zog die Hoffnung ein in sein Herz. Er würde Annedore retten!

Durch den herbkühlen Frühlingsmorgen wanderte er mit Annedore nach dem mitten im Wald ruhenden Kirchhof.

Hand in Hand schritten sie durch die stummen Gräberreihen, bis sie endlich die neuen Hügel, die Buchenaus Gräber deckten, erreichten.

»Leg' deinen Kranz nieder, Annedore, hier schläft deine liebe Mutter.«

Wie erwachend sah sich Annedore um, ein belebter Ausdruck trat in ihre Augen.

»Sagtest du etwas zu mir?«

»Leg' deinen Kranz nieder auf deiner Mutter Grab!«

Einen Augenblick herrschte starkes Schweigen – dann schrie Annedore jammernd auf: »Nein – nein – sag' doch, dass das nicht wahr ist!«

»Annedore – mein liebes, armes Mädel!«

Da warf sich Annedore schmerzlich weinend über das Grab ...

Peter Frensen stand daneben, und ein dankbares Gebet stieg zum Himmel. Annedore war gerettet, die Lethargie gebrochen, und wenn sie sich jetzt auch unglücklicher fühlen mochte, als in dem krankhaften Dämmerzustand, so war sie doch auf dem Wege der Besserung. – – –

Von diesem Tage ging es aufwärts mit Annedore Buchenau. Nur manchmal, wenn sie allein war, trat ein Zug quälerischen Grübelns in ihr Gesicht. Dann ging sie einer schlummernden Erinnerung nach, die mit ihrer Mutter und Peter Frensen irgendwie zusammenhing, und deren Kernpunkt sie nie finden konnte.

Peter sah traurig, dass er seinem jungen Schützling nicht näherkommen konnte. Wie eine Mimose verschloss sie sich seinem treuen Bemühen. Nach einem energischen Aufschwung trat in ihrem Befinden dann ein Stillstand ein. Sie war nicht mehr eigentlich krank, aber sie konnte auch keinen Jugendfrohsinn wieder finden.

Da kam Peter in seiner Angst um das junge Menschenkind auf den Gedanken, sie in eine andere Umgebung zu bringen, um sie endlich wieder ganz in die alte Annedore zu verwandeln.

An einem rosendurchdufteten Nachmittag saß er neben ihr in dem kleinen Gärtchen und machte ihr seine Reisevorschläge.

Annedore sah ihn lange träumend an, dann sagte sie leise: »Onkel Doktor – wenn du mir einen wirklichen Liebesdienst erweisen willst, dann schicke mich fort –«

»Nun ja, Kind, wir wollen reisen –«

»Nein, Onkel Doktor – du verstehst mich noch immer falsch, ich möchte –«

»Nun, was denn, Annedore?«

Laut klopfte Peters Herz, wie immer, wenn ihn Annedore, so wie in diesem Augenblick, an ihre verstorbene Mutter erinnerte.

»Du wirst böse sein, Onkel Doktor –«

Ein wenig unbeholfen versuchte er ihr väterlich die Wange zu klopfen: »Rede, Kind – ich verspreche dir, nicht böse zu sein.«

»Auch nicht traurig, Onkel Doktor?«

»Ich kann mir nicht denken, dass mich meine kleine Annedore betrüben will.«

Und da kam endlich leise und zaghaft die bange Bitte: »Lass mich allein fort –«

»Du wünschest meine Begleitung nicht?«

Peter sprach ganz ruhig, obgleich ihm das Herz recht wehtat, wenn er an die Trennung von Annedore dachte.

»Onkel Doktor – ich fühle selbst, dass ich noch nicht wieder im alten Fahrwasser bin. Mein Zustand ist mir selbst lästig, und ich möchte nun wirklich bald damit fertig sein. Deshalb habe ich mir gedacht, wenn ich einmal fortginge in eine andere Gegend und fremde Umgebung – meinst du, dass mir das helfen könnte?«

»Ich verspreche mir sogar sehr viel davon. Aber wie das machen, dich so ganz ohne Begleitung reisen lassen?«

»Könntest du mich nicht in eine Pension geben – oder bin ich dazu zu alt?«

»Wie alt bist du eigentlich?«

»Achtzehn Jahre, Onkel!«

»Dann kann ich dir noch eine sehr angenehme Pension verschaffen. Dort wirst du leichten Unterricht genießen, kannst dich im Kochen ausbilden oder sonst irgendein Spezialfach zu deinem näheren Studium wählen.«

»Oh, Onkel Doktor, ich danke dir!«

Und seit Langem traf ihn aus Annedores Augen wieder einmal der ruhig vertrauende Kinderblick.

»Teuer bezahlt!«, dachte Peter, und mit Grauen malte er sich die langen Wochen aus, in denen er Annedore nicht sehen konnte.

Mit Schrecken merkte er erst jetzt so ganz, was ihm Annedore in den vielen sorgenvollen Wochen geworden war. Wie alle Sorgenkinder war auch sie ihm fest in das Herz gewachsen, und ihre verblüffende Ähnlichkeit mit ihrer Mutter gab seinen Gefühlen für Annedore eine tiefe Innigkeit, die ihn selbst erschreckte.

Die nächsten Tage vergingen mit eifrigsten Reisevorbereitungen. Peter hatte eine gute Pension für Annedore ausfindig gemacht, und Frau Nehren, die auch Annedores Mutter oft auf Reisen begleitet hatte, durfte Annedore in das vornehme Pensionat begleiten.

Peter Frensen verließ wenige Stunden später Buchenau, um seine Tätigkeit als Kreisarzt wieder aufzunehmen.

Erstaunt sahen ihn seine alten Patienten an. War das noch ihr alter Dr. Frensen?

Das Haar an seinen Schläfen war grau geworden und sein Gesicht schmal, nur in den Augen brannte das alte Feuer noch. Wortkarger und zerstreuter ging er seiner Praxis nach.

»Er muss draußen in Buchenau sehr gelitten haben!« Keiner hätte geglaubt, dass seine Freundschaft für Georg Buchenau so innig war, dass sein Verlust ihn zum müden Manne machen würde. Dass Peter außer dem Freund die Frau verloren hatte, die er heimlich mit zäher, herzlicher Liebe geliebt hatte, und von den neuen Kämpfen, die ihm im steten Zusammenleben mit Annedore erwuchsen, ahnten seine Patienten nichts.

Die Männer seines Kreises konstatierten: »Ein guter Kerl«, den Frauen wurde er nur immer interessanter.

Auffällig und unauffällig wurden dem stattlichen Dr. Frensen Avancen gemacht. Manche Mutter sähe ihn gern als Schwiegersohn, und manches Mädchenherz pochte heftiger, wenn seine stattliche Gestalt auftauchte.

Peter Frensen ging durch alles das vollkommen unberührt und uninteressiert. Er schalt sich selbst, dass seines Lebens Inhalt die spärlichen steifen Briefchen wurden, die Annedore aus dem Pensionat pflichtschuldigst an ihn schrieb. Aber Peter wartete von einem Posttag um anderen auf diese ungelenken, kleinen Zeichen, dass Annedore sich des guten Doktors erinnere.

Stetig führten ihre Briefe auch die ihr so geläufige Anrede »Onkel Doktor«. Peter aber war es, als richtete sich mit diesem »Onkel« wieder und immer wieder von Neuem eine Schranke vor seinen Wünschen auf. Sein ganzes Denken war unablässig um Annedore beschäftigt, und weil Annedore ihm nicht so unbedingt unerreichbar war, wie es Leonore als seines treuesten

Freundes Frau gewesen war – so konzentrierte sich all sein Hoffen auf Annedores Besitz. Aber in all diesen schimmernden Hoffnungsträumen störte ihn immer wieder das kleine dumme Wort: Onkel!

Es legte ihm beredtes Zeugnis dafür ab, welch weiten Weg seine Wünsche noch gehen mussten. Das »Onkel« war wie eine Barrikade, die er nicht einmal im Sturm nehmen durfte – nein – er musste warten, ob sie kapitulieren würde.

Trotz aller unruhevollen Stimmungen kräftigte sich seine Gesundheit wieder und seine Nerven spannten sich in neuer Elastizität. Und das war gut, denn der Herbst brachte schwere Epidemien, und der arme Peter Frensen hatte keine Zeit für seine eigenen Angelegenheiten. Nicht einmal regelmäßig konnte er Annedores Briefe beantworten, obwohl er sich das zur Pflicht gemacht hatte. Sooft er schrieb, warf er immer wieder neue Fragen an Annedore auf, und es war ihm eine Freude, dass langsam aus den Kleinmädelsbriefen eine immer zunehmendere Reife sprach.

Er hätte viel darum gegeben, Annedore jetzt bei sich zu haben – aber als dann die verheerenden Epidemien, eine immer schlimmer als die andere, kamen, war er doch froh, sie so weit fort zu haben.

Annedore lebte in dem Pensionat still und gleichmäßig dahin. Die Briefe vom Onkel Doktor waren für sie die einzig frohe Unterbrechung im täglichen Einerlei – und sonderbar, wie sie ihm immer reifer und älter zu werden schien, so verjüngte sich sein Bild für sie und er wandelte sich ihr unmerklich von der Respektsperson zum guten Kameraden.

Sie war schon einige Monate in dem Pensionat und wieder einmal in ihrem netten, kleinen Zimmer mit dem Lesen eines Romans beschäftigt, der sie sehr ergriff, schon weil darin geschildert war, wie ein Kind am Totenbette seiner Mutter steht. Diese

Schilderung hatte Annedore mit grausamer Deutlichkeit den Tod ihrer Mutter wieder vor Augen geführt. Bei der Schilderung des Sterbens dieser Mutter, die der verzweifelnde Gatte nicht aus seinen Armen lassen wollte, tauchte vor Annedore jene Szene wieder auf, in der sie Peter Frensen an der Leiche ihrer Mutter fand – in derselben Verzweiflung wie der trauernde Witwer in dem Roman.

Mit einem Schlag war ihr nun klar, warum das so verwirrend auf sie gewirkt hatte, Peter Frensen in dieser Stellung zu finden. Onkel Doktor hatte ihre Mutter lieb gehabt – viel lieber, als er eigentlich gedurft hätte.

Sie erschrak darüber heftig. Es wollte ihr scheinen, als habe der Freund mit diesem Abschied von der Toten ein Unrecht gegen ihren Vater begangen. Langsam erst – ganz allmählich klärte sich das Chaos ihrer Gefühle und inniges Mitleiden mit Onkel Doktor nahm von ihr Besitz.

Ob Peter Frensen die tote Mutter noch immer liebte, ob er sie je vergessen konnte?

Nach einem kühleren herben Brief, den Annedore in der ersten Verwirrung dieser neuen Gewissheit geschrieben hatte, bekam Peter nun wunderschöne Briefe von ihr, die ihm etwas rührend Mütterliches aussprachen, dessen Ursprung er sich nicht zu erklären vermochte, das ihm aber unbeschreiblich wohltat und ihm die Schreiberin noch liebenswerter erscheinen ließ.

Eines ihrer nächsten Schreiben sprach von brennendem Heimweh. Als Peter dieses in Händen hielt, schlug sein Herz in tollem Tempo, und ein glückliches Lächeln verklärte sein Gesicht. Annedore verlangte heim. Die Krisis in Annedores Gemütsleben war mithin vorüber. Der jammervolle Heimwehbrief war schon als ein Zeichen ihrer vollständigen Gesundung ein freudiges Ereignis für Peter Frensen.

»Herrgott im Himmel, wenn du es gut mit mir meinst, dann führe Annedore in meine Arme, lass mich glücklich machen, lass mich glücklich werden!«

Nach dieser kurzen Bitte setzte sich Peter an seinen altmodischen Schreibtisch und schrieb Annedore einen Brief, der trotz aller Beherrschung noch reichlich jubelnd und glückstrahlend ausfiel. Annedore durfte heimkommen, und Onkel Doktor freute sich darauf.

Der Brief flog dann eines Morgens in dem Pensionat auf den Frühstückstisch und sein Jubelton trieb eine feine, schimmernde Freudenröte in Annedores blasse Wangen.

Und dann ging es heim!

Der Zug, der nur so durch die verschneite Landschaft jagte, fuhr Annedore noch immer nicht schnell genug. Endlich tauchten die wohlbekannten Türme auf – und nun hielt der Zug, und unten auf dem Perron stand die gute alte Frau Nehren.

Und daneben ein eleganter, schlanker Herr in einem flotten Sportpelz – aber das war ja – wahrhaftig – das war Onkel Doktor! Prachtvoll sah er aus! Und eine lebhafte Röte stieg Annedore in das Gesicht – sie ärgerte sich darum, was gab es nur in aller Welt zu erröten, wenn man seinen guten alten Onkel Doktor wiedersah! Mit einer graziösen Bewegung schwang sich Annedore von dem hohen Trittbrett des Wagens auf den Perron. Da stand sie nun und blickte halb scheu, halb freudig mit ihren blauen Augen auf Peter Frensen.

Und Peter schlug das Herz so hart gegen die Brust, dass es ihm eine feine, schnelle Röte über die Stirn jagte – und dann nahm er Annedores Hand und führte sie an die Lippen. Seine angenehme, tiefe, weiche Stimme klang ein wenig vibrierend, als er Annedore jetzt begrüßte:

»Willkommen daheim, liebe Annedore. Du glaubst gar nicht, welche Freude uns dein Heimwehbrief machte. Wir haben dich nun gesund und tapfer wieder, und darum nochmals herzlich willkommen. Und nun begrüße auch Frau Nehren, die sich gleich mir freut, dass du wieder bei uns bist.«

Herzlich schlang Annedore ihren Arm um Frau Nehrens Hals und gab ihr einen Kuss auf den zitternden Altfrauenmund.

Und während sie alle drei zu dem bequemen Schlitten schritten, berichteten Peter und Frau Nehren, was es Neues aus Buchenau gab.

Peter ließ seine Augen während der ganzen langen Fahrt heimlich auf Annedore ruhen. Er trank ihr liebes Bild in sich hinein.

Wie herrlich hatte sie sich entfaltet. Nichts, gar nichts mehr erinnerte an dass blasse, seelenkranke Mädchen des vergangenen Jahres. Frisch und gesund saß sie da, und nur ein paar ganz feine Schmerzenslinien auf der Stirn und um die weichen Mundwinkel legten noch Zeugnis jener schweren Trauertage ab.

Mit einer leichten, entzückenden Verlegenheit vermied Annedore die Anrede »Onkel Doktor«.

Der Mann, der ihr da im Schlitten gegenübersaß, der mit nimmermüder Geduld um sie bemüht war und ihrem sprunghaften Plaudern mit so ungeteilter Aufmerksamkeit folgte, hatte so wenig Onkelhaftes an sich – dass Annedore die ihr sonst so geläufige Anrede einfach nicht mehr über die Lippen wollte.

In Buchenau wartete eine Überraschung auf Annedore.

Peter Frensen hatte eines Tages bei einem Rundgang durch das Haus auch Annedores Stübchen betreten. Ein richtiges kleines Puppenheim.

Beim Anblick dieses Zimmerchens war ihm dann ein hübscher Einfall gekommen, den er in die Tat umsetzen ließ.

Ein paar Wochen rumorten die Handwerker dann in Buchenau herum. Große Kisten und Kasten kamen an – und eines Tages war das Werk vollbracht!

Aus Annedores Kinderstübchen war ein reizendes Biedermeierzimmer geworden, das Heim einer verwöhnten jungen Dame. Über dem altmodischen kleinen Sofa aber hingen als Extraüberraschung in ovalem Goldrahmen wundervoll gelungene Porträts der verstorbenen Eltern Annedores. Ein sehr geschickter junger Maler hatte sie nach kleinen Bildchen im Auftrag Frensens gefertigt.

Und in dieses Zimmer trat Annedore nun vollkommen unvorbereitet, ihr weißes, englisches Zimmerchen vermutend.

Wie benommen blieb sie einen Augenblick stehen. Tränen traten ihr in die schönen blauen Augen. Langsam wandte sie sich um, sie wollte Peter danken, so recht aus Herzensgrund. Da erst bemerkte sie, dass er und Frau Nehren heimlich davongeschlichen waren – um sie in dieser Stunde der Heimkehr nicht zu stören.

Als sich Annedore allein sah, nahm sie sich nicht mehr zusammen. Sie brauchte sich ja nun der Tränen nicht mehr zu schämen. Ein unendliches Dankbarkeitsgefühl für Peter nahm Besitz von ihr. Vor den Bildern ihrer Eltern stand sie lange – die Hände gefaltet wie in innigem Gebet.

Eine Weile darauf klopfte Frau Nehren an ihre Tür.

»Fräulein Annedore, ob Sie noch herunterkommen möchten, Herr Doktor muss fort.«

Hastig trocknete Annedore die letzten Tränen und rief mit ihrer tiefen, klangvollen Stimme:

»Ich komme im Augenblick – er soll ja nicht fortfahren.«

Als Annedore jetzt mit der eleganten Modefrisur und ohne Hut in das Zimmer zu Peter trat, wirkte sie auf ihn viel damenhafter als vorher in dem flotten Reisehütchen.

Vor seinen geistigen Augen hatte sie immer mit der großen Schleife aus breitem, schwarzem Seidenband im Haar und dem dicken Mozartzopf gestanden. Das fehlte ihm nun für den ersten

Augenblick, bis er sich an ihre neue kleidsame Frisur gewöhnt hatte.

Annedore kam schnell auf ihn zu, die großen blauen Augen richteten sich dankbar auf ihn, und mit beiden Händen umklammerte sie Peters Hand. »Ich danke dir!«

Was alles klang aus den drei einfachen Worten, so viel, dass es der blitzschnellen Bewegung, mit der Annedore seine Hand küssen wollte, gar nicht bedurft hätte.

Erschrocken zog Peter seine Hand fort und nahm ihren Kopf zwischen beide Hände, sie sehr erstaunt ansehend: »Annedore – das darfst du nie wieder versuchen – hörst du?«

»Bist du mir böse?«

Einen Augenblick hielt Peter das feine Köpfchen mit den süßen bangen Augen dicht vor seinen Mund. Die Versuchung, Annedore zu küssen, befiel ihn. Aber sich bezwingend, ließ er sie los.

»Böse – nein, Annedore – ich glaube, es gibt gar keinen Menschen, der dir böse sein könnte.«

»Ach – du kennst mich nur nicht richtig!«

»Doch, Annedore, ich kenne dich, wie mich selbst.«

Die Worte gruben sich in Annedores Erinnerung – sie verwirrten sie – gaben ihr zu denken. Eine kleine, beklommene Pause, dann fragte Annedore hastig: »Du musst fort?«

»Leider – Annedore – die Praxis ruft.«

»Schade – und kommst du bald wieder herauf?«

»Sooft ich kann, Annedore! Buchenau ist doch mein Heim – oder darf ich das jetzt nicht mehr sagen? Greif ich damit in deine jungen Herrinnenrechte ein?«

»Nein, auf so eine dumme Frage sollte ich gar keine Antwort geben. Ich freue mich immer, wenn du kommst – du bist doch der einzige Mensch, den ich habe, Onkel Doktor!«

Ein wenig zuckte Peter nun doch bei dem alten Prädikat zusammen.

Annedore bemerkte das wohl – ein wenig scheu sah sie ihn an – und doch guckte ihr der Schelm aus den Augen. – – – – –

Wochen vergingen. Buchenau lag in seiner verschneiten Pracht wie ein Märchenschloss, und Annedore war die verwunschene Prinzessin. Die Rolle des Drachen würde dann allerdings der guten Frau Nehren zufallen – aber die würde sich schön bedanken.

So beschwerlich der Weg von der Stadt durch den dick verschneiten Wald auch für Peter war, wenn es seine Praxis erlaubte, scheute er ihn nicht, um in Annedores Biedermeierstübchen Tee trinken zu können.

Auch jetzt saßen sie behaglich plaudernd beim Schein der rot verschleierten Lampe an Annedores Teetisch. Frau Nehren saß strickend in der Sofaecke und bediente den Doktor und ihr Prinzesschen abwechselnd mit Tee. Sie war stolz auf dieses Amt und hätte es wie eine Löwin verteidigt, wenn sich jemand gefunden hätte, der es ihr hätte streitig machen wollen.

Erstaunt hörte sie jetzt auf das Gespräch zwischen Peter und Annedore.

»Im Frühjahr möchte ich anfangen zu reiten – willst du so gut sein, mir ein Pferd besorgen?«

Peter sprang bei diesen Worten hastig auf: »Nie – Annedore!«

»Aber warum nicht?«

Peter nahm sich zusammen, setzte sich wieder an den zierlich gedeckten Tisch und nahm beschwörend ihre Hände in die seinen.

»Ich will es dir erklären – du wirst mich dann verstehen, Annedore – und mir die Unruhe ersparen, die ich leiden müsste, wüsste ich dich zu Pferde draußen. Ich muss Wunden aufreißen.

Ich kann den Tod deiner lieben Eltern nicht vergessen – und wenn ich denken könnte, du befändest dich einmal in einer Gefahr, wie sie deiner lieben Mutter todbringend begegnete, Annedore – nicht wahr – du willst doch nicht, dass ich mit Unruhe und Angst herdenke, während ich bei meiner Praxis bin. Versprich mir, Annedore, von diesem Wunsche Abstand zu nehmen?«

Peter hatte leidenschaftlich gesprochen, mehr als er wollte. Voll flehender Angst richteten sich seine Augen auf Annedore.

»Verzeih mir – ich dachte nicht daran – natürlich reite ich nicht. Ich verspreche es dir.«

Da tat Peter etwas, das gar nicht onkelhaft war – er drückte einen langen Kuss auf Annedores kleine weiße Hand.

»Ich bin ein alter Egoist – was, Annedore?«

»Ach – Onkel Doktor – du hast doch vollkommen recht!«

Zuweilen, wenn Peter ihr geistig überlegen handelte, wenn ihr seine feste, sichere Art Respekt einflößte, dann kam noch ab und zu ganz backfischmäßig ein »Onkel Doktor« zutage.

Und Peter konnte sich das törichte, schmerzliche Zusammenzucken darüber nie abgewöhnen.

Und dann kam Weihnachten! Ein schönes Fest verlebten Peter und Annedore.

Am Nachmittag waren sie durch den träumenden, schneebedeckten Märchenwald zum Kirchhof gewandert und hatten auf den lieben Gräbern Weihnachtskränze niedergelegt, und ganz spontan kindlich kam ihr dort die Bitte:

»Ich möchte in die Kirche, Onkel Doktor – aber mit dir, wollen wir?«

Obgleich Peter, wie fast alle Mediziner, der Kirche ablehnend gegenüberstand, konnte er der rührenden Bitte Annedores doch nicht mit einem schroffen Nein begegnen.

Sein Herz klopfte hart und schwer, wenn er an die Schlittenfahrt zu zweien hinein nach der Stadt dachte. Da hieß es, den Kopf oben behalten.

Hand in Hand liefen sie durch den Wald nun heim, um den Schlitten anspannen zu lassen.

Peter Frensen hatte einmal vor langen Wochen erzählt, wie heilig ihm die schönen Weihnachtsfeste auf Buchenau immer gewesen waren. Und wie sehr er sie in dem Jahr, da Annedore fort von der Heimat war, vermisst hatte. Nun sollte Onkel Doktor sein Buchenauer Weihnachten wieder haben.

Gerührt blickte Peter in Annedores festlich geheimnisvolles Gesicht.

Unten klingelten die Schlittenglocken, und dicht in die Pelze vermummt stiegen Peter und Annedore ein, um nach der Kirche zu fahren.

Der Weg wurde Peter, der mit allen Versuchern an der Seite der ahnungslosen Annedore rang, endlos lang – ihr verflog die Fahrt im Handumdrehen. Ehe sie's gedacht, flog der Schlitten über das holperige Pflaster der kleinen Stadt.

Endlich hielt der Schlitten vor dem kleinen Kirchlein. Die Buchenauer hatten eine Art Herrschaftsstuhl – ein Rest lang vergangener Tage – in der Kirche inne.

Erstaunt sahen die Neugierigen jetzt erst einmal Peter dem Schlitten entsteigen und dann erst, von seiner Hand gestützt, folgte eine junge Dame.

»Das soll die Annedore Buchenau sein?«

»Herrjeh – aus Kindern werden Leute!«

»Ein hübsches Mädchen, und reizend angezogen.«

Und nun, nachdem Wohlgefallen und Überraschung genugsam geäußert waren, kam der Neid, die Missgunst, der Klatsch! Ein feines Summen, wie von einem Bienenschwarm, schwebte durch das Kirchlein, das erst die donnergewaltige, das alte Weihnachtsmärchen verkündende Stimme des greisen Pfarrers verstummen machte.

Peter Frensen war es mit dem Augenblick, da er das nicht endende Interesse der Kleinstädter, die mehr oder weniger diskreten Blicke seiner Patienten bemerkte, klar geworden, dass er mit dem Kirchenbesuch an Annedores Seite eine Dummheit gemacht hatte, die möglicherweise einen törichten, sinnlosen Klatsch entfesseln konnte.

Annedore bemerkte weder von dem Staunen der gläubigen Gemeinde noch von der Beunruhigung ihres Begleiters etwas, sie gab sich ganz dem Zauber der Weihnachtsmesse hin.

Ihre süße Stimme bei dem großen Gesang weckte Peter aus weltlichen und noch dazu unangenehmen Gedanken.

Ach, jetzt das Mädel hernehmen können und lächelnd den dummen klatschsüchtigen Gaffern sagen: »Ja – staunt nur und schaut her – sie ist mein – mein!«

Aber nein – er musste sich gedulden, bis Annedore wirklich ganz ausgereift war. Bis sie aus eigener Kraft eine so schwerwiegende Frage mit Ja oder Nein beantworten konnte, wenn er nicht eines Tages ihr und sein verfehltes Leben bereuen wollte. –

Die Messe war aus. Ein paar Familien, die nahe am Buchenauer Stuhl vorbeigegangen, konnten hören, wie Annedore froh sagte:

»Nun geht es heim – Onkel Doktor!«

Sie quittierten darüber mit ein paar Randbemerkungen: »Ei – ei – der Doktor in der Kirche, wer mag denn das Meisterwerk fertig bekommen haben?«

»Wer denn wohl? – Im Übrigen finde ich es albern, dass sie ihn kindisch noch Onkel Doktor nennt.«

Der Onkel Doktor war aber das erste Mal seit Langem froh, dass sie ihn so arglos und offiziell mit dem Prädikat belegte. Weil der Wunsch der Vater des Gedankens war, und weil er sich durch Nachdenken die Feststimmung nicht verderben wollte, wollte er sich selbst glauben machen, dies »Onkel Doktor« zerstreue all den dummen Klatsch, den er wie giftige Wucherpflanzen auftauchen sah. - - -

Die kleine Feier, die Annedore nun Peter Frensen daheim bereitete, war stimmungsvoll. Sie sang ihm uralte Weihnachtslieder. Die dicken Wachskerzen am duftenden Tannenbaum knisterten.

Taktvoll hatte Peter es unterlassen, Annedore zu reich zu beschenken. Er brachte unter drolliger Umständlichkeit eine Menge Kleinigkeiten zutage und empfing dafür von Annedore ein Kissen in einer schwierigen feinen Nadelarbeit.

Frau Nehren kam bei dieser Bescherung am besten weg.

Annedore und Peter hatten ihr alle großen und kleinen Wünsche abgelauscht und erfüllt.

Nach diesem Weihnachtsfest rannte Peter Frensen mit seinem Kissen fest verpackt im Arm wie ein verliebter Primaner durch den Wald und baute an einem märchenschönen Luftschloss.

Annedore blieb noch eine ganze Weile, nachdem Peter fort war, unter dem brennenden Baum sitzen und vergrub ihr glühendes Gesicht in seine kleinen, bescheidenen Gaben.

Sie war so selig gerührt und wusste nicht warum – ganz erstaunt blickte sie auf eine große Träne, die ihr unmerklich aus den strahlenden Augen auf die Hand getropft war.

Verlegen und erstaunt schüttelte sie über ihre wunderliche Stimmung den Kopf und löschte nachdenklich die Lichter am Baum, eines nach dem anderen. Ein feines, seidenes Tuch, das ihr »Onkel Doktor« geschenkt hatte, nahm sie mit hinauf.

Es war ein Glück, dass Annedore so einsam auf ihrem Buchenau lebte. Mit den jungen Damen aus der Stadt pflegte sie keinen Verkehr. Ein paar besonders liebe Kameradinnen aus der Pension kamen einige Wochen zu ihr. So blieb sie von all den hässlichen Redereien verschont, und jene Stimmung, die am Weihnachtsabend begonnen hatte, reifte immer mehr aus – bis dann ein Tag kam, an dem es Annedore gewiss wurde, dass sie Peter Frensen innig liebte.

Von diesem Tage an wartete sie mit Herzklopfen auf sein Kommen, sah ihm mit bang sehnsuchtsvollen Augen entgegen. Gerade in jenen Tagen vergällte der Klatsch Peter jede Stimmung. Sollte er mit Annedore offen reden – und damit etwas Erblühendes zerstören, das ihm noch zum vollen Glück ausreifen könnte! Sollte er Annedore meiden – seine Besuche auf Buchenau einstellen – bis die dummen Redereien vergangen sein würden? Aber damit würde er sich seiner einzigen Freude berauben, und Annedore musste das befremden, sie irrewerden lassen. Ganz verzweifelt rannte Peter in seinem Arbeitszimmer herum, und endlich kam er doch zu dem Resultat, dass er seine Besuche in Buchenau unter irgendeinem plausiblen Grund bis auf Weiteres einstellen wollte.

Zum letzten Mal für lange Zeit fuhr er nach Buchenau, um seinen Tee bei Annedore zu trinken.

»Annedore – ich möchte dir eine Mitteilung machen. – So leid es mir tut – ich kann jetzt eine ganze Zeit den Tee nicht mehr in deinem gemütlichen Zimmer trinken.«

»Oh – warum denn nicht?«

»Ich habe zu viel zu tun – der Weg heraus nimmt mir viel zu viel Zeit.«

»Das tut mir aber leid. Aber sonntags kannst du doch wenigstens noch kommen?«

Herrgott, was konnten die lieben, blauen Augen flehen und bitten. Mit großer Anstrengung entzog sich Peter dem Zauber und wehrte kürzer ab, als er wollte.

»Nein – auch sonntags geht es nicht, vorderhand wenigstens nicht, Annedore, zu viel Arbeit –«

»Ja – aber was soll denn aus mir werden?«

Peter lachte gezwungen auf. »Herrjeh – Annedore, tue nur nicht, als wenn du ohne den alten Onkel Doktor nicht leben könntest!«

Annedore hätte ihre unwillkürliche Äußerung am liebsten ungesagt gemacht. Sie war Peter für seine Ahnungslosigkeit herzlich dankbar. Totgeschämt hätte sie sich, wenn er aus ihrer unbedachten Rede die Wahrheit enträtselt hätte.

Schweren Herzens schied Peter von Buchenau, und Annedore stand lange fröstelnd im offenen Haustor und sah seinem Wagen nach.

Von nun an verflossen ihre Tage in quälender Einsamkeit. Der Postbote brachte ab und zu einen spärlichen Gruß von Peter Frensen.

Und Peter saß drinnen in der Stadt. Mit zusammengebissenen Zähnen ging er seiner Praxis nach. Abends zur Teestunde nahm er sich dann auf seinem todeinsamen Studierzimmer ein Buch vor und versuchte zu lesen. Ein ganz vergebliches Bemühen, denn es dauerte nicht lange, dann ließ er das Buch sinken, vor seinem geistigen Auge erschien Annedores Bild, wie sie nun einsam in ihrem Biedermeierstübchen bei ihrem blattdünnen weißen Porzellan dasaß und traurig ihren Tee allein trank.

Wenn nur endlich die dummen Anspielungen aufhören wollten, die ihm fast jeder Patient, den er besuchte, machen zu müssen glaubte. Er durfte noch nicht einmal seinem Zorn Luft machen, denn dann würde er der ganzen Affäre eine Wichtigkeit beimessen, die seine Sache nur schlimmer machen konnte.

Annedore versuchte indessen auf alle möglichen Arten ihrer Einsamkeit und ihrer brennenden Sehnsucht nach Peter beizukommen. Als gar nichts mehr verfangen wollte, ließ sie den leichten Selbstkutschierer anspannen und fuhr an einem Spätnachmittag nach der Stadt.

Eigentlich sollte Frau Nehren mitkommen, aber im letzten Augenblick kam ihr eine Wirtschaftsangelegenheit dazwischen und so fuhr Annedore kurz entschlossen allein nach der Stadt, um Peter Frensen einen Besuch zu machen.

Unbekümmert fuhr Annedore ihrem Ziel entgegen, ahnungslos, welch eine Auslegung dieser ihr Besuch erfahren würde.

Sie fuhr nicht zu Peter Frensen, sie fuhr zu ihrem Onkel Doktor – zu dem einzigen Menschen, der noch zu ihr gehörte in der ganzen weiten Welt.

Peter saß an seinem Schreibtisch in seinem Ordinationszimmer und hielt eben seine Sprechstunde ab, als draußen im schlanken Trab Annedore vorfuhr.

War denn das Mädel des Teufels? Eine Gefühlswirrnis durchwogte ihn – atemraubende Freude kämpfte mit beklemmender Unruhe.

Vor allen Dingen durfte er den Kopf nicht verlieren, sonst war alles gründlich verfahren.

Nachdem er den Patienten entlassen hatte, öffnete er die Tür zum Wartezimmer, das noch voller Patienten aus allen Ständen saß, und mitten drinnen harmlos und unbekümmert Annedore.

Als er in die Tür trat, rief sie ihm fröhlich entgegen: »Tag, Onkel Doktor!«

»Nanu – Annedore – bist du krank?«

»Nein – Gott sei Dank nicht – warum denn?«

Sie stürzte ihn von einer Verlegenheit in die andere und hatte keine Ahnung davon. Peter wusste nicht mehr, was er sagen sollte.

»Was führt dich denn hierher – willst du nicht zuerst hereinkommen – die Herrschaften werden eine Ausnahme machen lassen.«

»Nein – ich kann warten – ich möchte nur meinen Tee mit dir trinken!« Das klang so vollkommen unbekümmert, so herzzerreißend naiv aus ihrem Munde, dass Peter der Gefahren vergaß und ihr glücklich zunickte:

»Dann auf nachher! – Der Nächste, bitte!« – –

Endlich war die Sprechstunde zu Ende.

Peter entließ seinen Assistenten und konnte nun endlich, nachdem er bei seiner Haushälterin den Tee für zwei Personen bestellte, Annedore in sein Studierzimmer führen.

»Sag mir nur, Annedore, wie kamst du auf den Einfall?«

»Wenn der Berg nicht zum Propheten kommt, kommt der Prophet zum Berg. So kann ich dir auch Gesellschaft bei deinem Tee leisten – und du sparst die Zeit der Hin- und Herfahrt nach Buchenau. Das können wir öfter machen, nicht?«

Peter zog es vor, die Frage vorläufig einmal offenzulassen. Er wurde von der Freude über das Beisammensein und von der Angst um den neu und heftig entfesselten Klatsch noch immer hin und her gerissen.

Lange saßen sie beim Schein der grünen Lampe beisammen und genossen auf gleiche Art die trauliche Stunde, und doch sollte noch keine Brücke zwischen ihnen geschlagen werden.

Plötzlich tönten die tiefen Schläge von der nahen Turmuhr lang ausholend neun Mal.

Einen Augenblick starrten sich beide ganz verblüfft an – dann sagte Peter ganz unwillkürlich:

»Was nun?«

»Ja – ich muss schleunigst heimwärts fahren!«

»Auf keinen Fall!«

»Ja – was sonst – hier kann ich doch nicht bleiben?«

»Nein – Annedore, hier kannst du nicht bleiben – oder –«

Ein hartes Schellen an der Nachtglocke unterbrach Peter in seinem Vorschlag. Man hörte die Haushälterin öffnen – erschrocken aufschreien und eilig die Tür zum Operationszimmer öffnen. Schwere Schritte klangen im Hausflur, da riss auch schon die Haushälterin die Tür auf.

»Herr Doktor – ein Verunglückter!«

»Ich komme!«

Und ohne sich weiter um Annedore zu kümmern, folgte Peter der Frau.

Totenstill war es plötzlich in dem Studierzimmer. Annedore stand wie gelähmt – da wenig Schritte von ihr in dem anderen Zimmer wurde vielleicht über Leben und Tod entschieden.

Hastig hörte sie eine Tür öffnen, und plötzlich stand Peter vor ihr. »Annedore, traust du dir zu, mir behilflich zu sein, ich kann meinen Assistenzarzt nicht erreichen, Eile ist dringend geboten – meinst du deiner Nerven so sicher zu sein, mir ein paar Handreichungen tun zu können?«

»Ich soll dir helfen?« Annedore sah sehr hilfsbereit aus. »Ganz gewiss kann ich das – ich werde bestimmt tapfer sein.«

»Dann komm, bitte.«

Eilig gingen sie hinüber in das Operationszimmer. Der Verunglückte lag bewusstlos.

Annedore musste schnell die Leinenschürze des Assistenten umbinden und ihr Haar mit einem sauberen Tuch umwinden. Dann erklärte ihr Peter kurz und klar die Reihenfolge, in der sie ihm die Instrumente zureichen musste, und dann gingen sie beide an die Arbeit.

Endlich war das Werk getan – der arme Verunglückte war gerettet und wurde mithilfe der Haushälterin vorsichtig auf Peters eigenes Bett gelegt.

Annedore musste sich gründlich desinfizieren, dann führte Peter sie wieder hinüber in sein Studierzimmer. Die Turmuhr schlug lang ausholend elf Uhr.

Annedore setzte sich, doch ein wenig abgespannt, auf den breiten Diwan. Peter telefonierte nun vor allem einmal an die

Angehörigen des eben geretteten Patienten und dann nach Buchenau, an Frau Nehren. Ihr teilte er mit, dass Annedore am nächsten Morgen zurückkehren und dass er sie für die Nacht im Hotel einquartieren würde.

Dann holte er aus einem Wandschrank eine Flasche uralten Weines, davon musste Annedore ein Glas trinken. Als er mit ihr anstieß, sagte er: »Annedore, du würdest eine famose Doktorsfrau!«

Leise, fast unwillkürlich kam es über ihre Lippen: »Möchte ich ja auch werden – Peter.«

Ehe sich Annedore recht besann, riss Peter sie in seine Arme und bedeckte ihr Gesicht mit Küssen. »Du hast mich lieb, Annedore?«

»Schon sehr lange, Peter!«

»Oh, ich dummer, blinder Mann! Was haben wir uns gequält!«

Das war eine sonderbare Verlobung um Mitternacht mit der Erschlaffung der eben geleisteten Arbeit in den Nerven. Wie ein schöner, wie ein unfassbar schöner Traum zog sie an ihnen vorüber. Sie saßen lange noch erzählend und Pläne schmiedend beisammen, und als der Morgen schon mit kahler Blässe durch die Vorhänge schimmerte, erzählte Peter Annedore die Geschichte seiner Liebe zu ihrer Mutter und von ihrer letzten, leidenschaftlichen Bitte: »Verlass mein Kind nicht!«

»Ob sie nun wohl beruhigt über das Schicksal ihres Lieblings sein würde?«

»Sicher – Peter – ganz sicher.«

Innig schmiegte sich Annedore an Peter, und als der Tag endlich voll am Himmel stand, lief Peter in den Stall, schirrte das Pferd vor Annedores Selbstkutschierer und fuhr sein Lieb glückstrahlend durch den herben, schimmernden Morgen hinaus nach Buchenau.

Frau Nehren war schon wieder fleißig am Werk. Mit feuchten Augen hörte sie die Kunde von Annedores Verlobung und all den Ereignissen der vergangenen Nacht.

Annedore musste sich dann auf Peters Geheiß trotz ihrer anderen Wünsche sich von Frau Nehren in das Bett packen lassen, um in einem langen Schlummer die anstrengend durchwachte Nacht einzuholen.

Am Abend konnte er nur telefonisch mit Annedore sprechen, da er eines Schwerkranken wegen nicht aus der Stadt gehen konnte und wollte.

Erst am nächsten Morgen konnte Peter hinaus nach Buchenau. Seine Sprechstunde musste der Assistenzarzt abhalten.

Mit einem großen Strauß wunderschöner Moosrosen kam Peter in Buchenau an. Annedore kam ihm glückstrahlend entgegen.

Im Biedermeierstübchen saßen sie dann beieinander und machten Pläne.

Buchenau sollte ein Waldsanatorium werden. Sie wollten eine kleine, nette Villa neu erbauen, die sie selbst bewohnen wollten, und das schöne, alte Haus sollte ganz den Kranken und Rekonvaleszenten gehören.

Seine Praxis drinnen in der Stadt wollte Peter dann gänzlich seinem Assistenten abtreten und im Sanatorium Buchenau auch einen Operationssaal einrichten.

Erst am Ende ihres Beisammenseins beschlossen sie, ihre Verlobung noch vor Ablauf der Woche zu proklamieren, und Peter erzählte Annedore, wie ihn der dumme Stadtklatsch um seine gemütlichen Teestunden in ihrem Biedermeierzimmer gebracht hatte.

Die Hochzeit sollte der Verlobung schon nach sechs Wochen folgen. Dann wollten sie eine lange, schöne Reise machen, und wenn sie heimkehrten, sollte mit dem Bau der Villa begonnen werden.

Annedore überraschte Peter noch mit dem Entschluss, einen gründlichen Ausbildungskursus auf seiner Krankenstation mitzumachen – um ihm auch eine wirkliche Hilfe werden zu können, nicht nur so eine Nothilfe, wie in der Nacht mit dem Verunglückten.

Spät in der Nacht fuhr er in die Stadt zurück. Eine drängende, glückselige Unruhe saß ihm im Blut. Er beschloss noch nicht heimzugehen, sondern in das kleine Weinlokal einzukehren, in welchem seine Bekannten allabendlich zu finden waren.

Mit einem fröhlichen Gruß betrat er das verrauchte Lokal. Im bläulichen Zigarrendampf konnte er kaum die Gesichter der um den Tisch Sitzenden erkennen – aber ein lebhaftes Gespräch brach wie auf Verabredung ab, als er die Gaststube betrat. Mit merkwürdig verlegenen Gesichtern starrten ihn seine Freunde an. Assessor Müller aber – ein junger Mann, der Peter von jeher unsympathisch war – setzte mit hochrotem Kopf sein Glas an den Mund und trank Peter ostentativ freundlich zu.

Es wollte sich Peter etwas beklemmend auf seine frohe Stimmung legen; aber energisch schüttelte er das Unbehagen ab.

»Na – Kinder – ihr macht Gesichter, als hättet ihr eben von mir gesprochen –?«

Damit setzte sich Peter und bestellte sich händereibend einen Schoppen bei der Kellnerin – ein wenig mokant die eifrigen Beteuerungen der ertappten Sünder, sich nicht mit ihm beschäftigt zu haben, belächelnd.

»Ehrenwort?«, fragte er plötzlich – der Teufel mochte ihm den Unsinn eingegeben haben.

Betroffenes Schweigen antwortete der scharfen Herausforderung Peters. Ihm tat es leid, die Situation damit auf die Spitze getrieben zu haben, und etwas gezwungen lachend brach er ab:

»Na – und wenn schon – ich hab mir's ja gleich gedacht – um Ehr und Reputation wird es ja nicht gegangen sein! Prost!« Und freundlich stieß er mit jedem an. Trotzdem konnte er das Gefühl nicht loswerden, dass da irgendwie eine Tücke lauerte.

Der Abend stand deshalb unter einem ziemlich ungemütlichen Zeichen. Peter ärgerte sich, dass er nicht gleich nach Hause gegangen war, dass er sich hier eine wunderschöne Stimmung verderben ließ. Das Gefühl, gegen eine unsichtbare Gemeinheit anzukämpfen, machte ihn aggressiver, als das sonst seine Art war. Er konnte das niederziehende Gefühl nicht loswerden, sich, ohne es zu wollen, etwas vergeben zu haben. Er trank mehr und hastiger, als es seine Gewohnheit war, und die anderen Herren folgten ihm darin. Bald saßen alle mit roten Köpfen um den Tisch herum. Assessor Müller schien am meisten geleistet zu haben. Sein Blick war schon unsicher, und die Zunge wollte ihm offenbar nicht mehr gehorchen. Ein paar Worte, die er im Trunk über den Tisch lallte, machten die nüchternen Herren darüber klar.

Peter taumelte von seinem Sitz auf. Das, was der halb betrunkene Mensch da eben gelallt hatte, war eine maßlose Beleidigung Annedores.

Gott mochte wissen, wie es herumgekommen war, dass Annedore die eine Nacht über in seinem Haus geblieben war. Das musste wie ein Lauffeuer durch das verdammte Klatschnest gekommen sein – dass es ein Werk der Barmherzigkeit gewesen, das sie in seinem Hause über Gebühr festgehalten hatte – das zu verbreiten bemühte der Klatsch natürlich nicht.

Peter sah und hörte nichts – blutrote Nebel wallten vor seinen Augen, und ehe die anderen ihn hindern konnten, schlug er den Assessor mit der Faust in das Gesicht.

»Fräulein Buchenau ist meine Braut – merken Sie sich das – und seien Sie mit Ihren Infamien in Zukunft vorsichtiger – Lümmel!«

Der Tumult, der dieser Szene folgte, war unbeschreiblich. Im Nu teilte sich die Tafelrunde in zwei feindliche Lager. Peter Frensen nahm seinen Hut und verließ, von seinen Getreuen gefolgt, das Lokal.

Draußen in der frischen, klaren Luft kam ihm dann erst die Besinnung wieder. So streng er sich auch prüfte – das Endresultat war immer, dass Müller die Ohrfeige gründlich verdient hatte.

Müller würde ihm natürlich mit Tagesgrauen eine Forderung schicken. Peter ging in der unbehaglichsten Stimmung nach Hause.

Im Weinlokal saßen die anderen noch am runden Tisch. Müller hielt sich mit wütendem Gesicht seine brennende Wange.

»Ein brutaler Kerl, der Frensen –«

»Was kann ich dafür, wenn sich seine Braut unqualifizierbar benimmt!«

»Bisschen exzentrisch waren die Buchenauer immer –«

Es war ein Segen, dass Peter die gehässigen Bemerkungen nicht hörte, die über seine Beziehungen zu Annedore gemacht wurden.

Nachdem sich in verschiedenen sittlichen Entrüstungsprotesten die Gemüter entladen hatten, wählte Assessor Müller unter den anwesenden Herren seine Kartellträger, denen er eine scharfe Säbelforderung für Peter übergab.

In allerfrühester Morgenstunde wurde Frensen von den Sekundanten Müllers aufgesucht, die ihm die Forderung zu dem Säbelduell überbrachten.

Als Zeit war die Stunde der Abenddämmerung des gleichen Tages bestimmt, als Ort eine Lichtung im Wald nicht weit von Buchenau.

Peter nahm die Forderung mit hohnvollem Achselzucken an.

»Natürlich – die wohlverdiente Ohrfeige kann Herr Assessor Müller nur mit Blut abwaschen. Ich bitte nur den Platz anders wählen zu wollen. Es ist wohl eine ganz besondere Aufmerksamkeit des Herrn Assessor Müller, den Ort des Rendezvous so nahe bei dem Wohnort meiner Braut zu bestimmen. Ich protestiere dagegen und ersuche darum, einen Punkt auf der entgegengesetzten Seite des Waldes zu wählen, wo es mir erspart bleibt, im Wagen an Buchenau vorbeifahren zu müssen und meine Braut eventuell zu beunruhigen.«

Die Sekundanten wählten gleich einen anderen Platz und bezeichneten ihn Peter Frensen genau.

Der Tag verging Peter in allerlei notwendigen Geschäften. Früh genug, um rechtzeitig am Platz zu sein, brach er dann auf.

In seinen Gedanken segnete er die einsame Lage Buchenaus, hoffend, dass Gerüchte über das Duell Annedore nicht vorzeitig beunruhigen möchten. Ruhig sonst, nur gequält von der Sorge um Annedore, schritt er zum Kampfplatz. Er würde sich schlagen und kämpfen – es galt nicht nur sein armes Leben, es galt Annedore – seine Annedore vor Leid und Kummer zu schützen. Und schließlich musste die gerechte Sache siegen.

Von seiner Seite und von der seiner Sekundanten sickerte kein Sterbenswörtchen über die Duellaffäre durch. Aber Assessor Müller sorgte dafür, dass schon um die Mittagsstunde an mehreren Stellen von dem Duell gemunkelt wurde. Er wollte auf die Gloriole eines kolossalen Lebemannes nicht verzichten und ließ es an verblümten Bemerkungen nicht fehlen – obgleich ihm im Grunde seines Herzens recht feige und jämmerlich zumute war.

Den Grund des Duells verstanden er und seine Freunde in ein geheimnisvolles Dunkel zu hüllen, und Assessor Müller, der Unbedeutende, von den Damen bisher Bespöttelte, wuchs sich plötzlich zu einer interessanten Persönlichkeit aus.

Von seinen Sekundanten hatte Müller erfahren, dass Peter Frensen alles daran lag, seine Braut von dem Duell in Unkenntnis zu erhalten.

Aus seiner Bitte, den Duellplatz an einen anderen Ort zu legen, klang innige Besorgnis um Annedore – ein Grund mehr für Müller, alles zu versuchen – Annedore, die er wegen der für sie eingesteckten Ohrfeige grimmig hasste, auf irgendeine Art Nachricht von dem Duell zukommen zu lassen.

Während Müller in seinem geschmackvoll eingerichteten Studierzimmer saß und über Mittel und Wege nachdachte, die Nachricht nach Buchenau gelangen zu lassen, trat seine Schwester hastig ein.

»Paul – du willst dich duellieren?«

»Schrei nicht so, Hannchen! Übrigens, woher weißt du?«

»Überall erzählt man sich's – ich hab mich so geschämt –«

»Warum denn?«

»Nun ja – ein Duell ist doch etwas Auffallendes! Aber Reschen Bleier schwärmt nun für dich. Sie hatte eiskalte Hände und behauptete, sie zittere um – dein Leben!«

Ein Schauer rann Müller über den Rücken. »Sterben« – ihn fror bei dem Gedanken. Auf einmal wandte er sich mit der Frage an seine Schwester: »Kennst du Annedore Buchenau?«

»Natürlich kenn ich sie –«

»Könntest du sie heut Nachmittag nicht einmal besuchen?«

»Nein – warum denn?«

»Warum denn nicht?«

»Ich war noch nie dort. Aber was soll ich denn da?«

»Hannchen – hör mal zu – du sollst ihr von meinem Duell mit Frensen erzählen.«

»Ach nee, Paul – in der Stadt erzählen sie sich doch, sie hätte was mit ihm –«

»Eben darum, Hannchen –«

»Ach – du meinst, es wäre unsere Pflicht, es ihr schonend beizubringen?«

Und Hannchen Müller fiel ihrem Bruder, gerührt von seiner wahrhaft großen Menschenliebe, um den Hals. Paul Müller ertrug es, ohne mit der Wimper zu zucken, wilden Triumph im Herzen, dass er einen Lieblingswunsch seines Gegners so schnöde durchkreuzen konnte. Und ganz heimlich, ohne es sich selbst einzugestehen, hegte er eine unklare Hoffnung, dass Annedore Buchenau das Duell verhindern könne auf irgendeine Weise.

Hannchen Müller zog sich ihr neuestes Kleid an und setzte sich ihren überwältigenden Rosenknospenhut auf. Dann machte sie sich auf den Weg nach Buchenau – ganz erfüllt von ihrer Mission.

So langsam und zögernd sie auch ging – endlich stand sie doch vor der Tür des Hauses Buchenau. Zaghaft hob sie den schweren bronzenen Türklopfer, der hier noch immer die Stelle der elektrischen Klingel vertrat.

Sie hatte wahrhaftig Herzklopfen und hatte doch von der tragischen Schwere ihres Auftrages gar keine Ahnung.

Endlich, als Hannchen schon erleichtert aufatmete, und in der Annahme, dass niemand zu Hause sei, froh, ihres Auftrages ledig zu sein, wieder umkehren wollte, öffnete eine nette alte Frau die Haustür:

»Was wünschen Sie?«

»Fräulein Buchenau ist wohl nicht zu sprechen?«

»Doch – Fräuleinchen – wen darf ich melden?«

»Hannchen Müller ist mein Name.«

»Darf ich bitten?«

Durch das hallende, große Treppenhaus hinauf über die breite, teppichbelegte Stiege, an vielen weißen Türen mit blitzenden Messingklinken vorbei, führte Frau Nehren Hannchen Müller in Annedores Biedermeierstübchen.

»Bitte einen Augenblick Platz zu nehmen, ich rufe Fräulein Buchenau sofort.«

Hannchen Müller saß und sah sich staunend um. Was für ein sonderbares großes Haus, und nun hier das luftige, duftige Zimmer – das so recht danach aussah, Glück einzufangen. Und sie saß nun hier und musste erzählen, dass Dr. Frensen ein Duell haben würde. Dr. Frensen, von dem die Leute erzählten, dass er »etwas« mit der Annedore Buchenau hätte. Es war zum Weinen. Und faktisch kamen dem armen, bedrängten Hannchen Müller ein paar dicke, sentimentale Rührungstränen.

Just in diesem Augenblick trat Annedore ein, erstaunend über den sich ihr darbietenden Anblick.

»Fräulein Müller – was führt Sie zu mir – Sie meinen – kann ich Ihnen helfen? Ist Ihnen in unserem Wald etwas geschehen? Ich kann mir gar nicht denken, was Sie in meine Einsiedelei führt – nur hoffe ich, es ist kein Unglück die Veranlassung.«

»Doch – Fräulein Buchenau – das ist es ja eben! Ach Gott – ich weiß wirklich nicht, wie ich es anfangen soll.«

Annedore wurde langsam blass – die Gewissheit, dass hier in der Gestalt des halb reifen Mädchens eine ernstliche Unglücksbotin vor ihr saß, legte sich beklemmend auf sie.

»Liebes Fräulein Müller – vor allen Dingen – wer schickt Sie?«

»Mein Bruder! Ach nein – niemand!«

Die Antwort machte nun Annedore um keinen Deut klüger.

»Bitte, weinen Sie nicht mehr – haben Sie einen Auftrag?«

Und schluchzend antwortete Hannchen: »Das ist es eben!« Wieder stockte die Verständigung. Annedores Nervosität wurde immer unerträglicher.

»So kommen wir doch nicht weiter! Sagen Sie doch, bitte, endlich kurz und bündig, worum es sich handelt.«

»Ich – wollte Ihnen nur sagen – dass sich mein Bruder heut Abend um sechs Uhr mit Dr. Frensen auf Säbel duelliert!«

Langsam, wie vor etwas Entsetzlichem, wich Annedore vor Hannchen Müller zurück, kaum verständlich murmelte sie: »Nein – nein!«

Und plötzlich aufschreiend sank sie zu Boden, rang die Hände und flüsterte von Neuem: »Hilf Gott, hilf mir doch, lieber Gott.«

Ratlos und hilflos saß Hannchen Müller wie erstarrt in ihrem Sessel. Wenn die da vor ihr nur aufhören wollte, so zu wimmern – das tat einem ja ordentlich mit weh – ob sie einmal hingehen und die Weinende streicheln durfte? Aber noch während Hannchen mit sich stritt, verstummte das verzweifelte Weinen Annedores plötzlich – hastig richtete sie sich auf und blickte die unglückliche Hiobsbotin aus blassem Gesicht mit großen Augen entsetzt an.

»Wer gab Ihnen diesen Auftrag, Fräulein Müller?«

»Einen eigentlichen Auftrag habe ich gar nicht – nur mein Bruder meinte, es müsste Sie doch jemand schonend vorbereiten!«

»Das ist ja sehr freundlich von Ihnen gewesen. Kennen Sie den Grund des Duells?«

»Nein, ich fragte Paul darum, aber er antwortete mir: ›Darüber spricht man nicht!‹ Ich habe keine Ahnung.«

»Das ist schrecklich – mein liebes Fräulein, – ich glaube, Sie haben kaum eine Ahnung, welche Schreckensbotschaft Sie überbrachten. – Ich danke Ihnen jedenfalls noch einmal.«

So interessant sich Hannchen Müller in ihrer Mission vorkam, und so gern sie noch blieb, sie fühlte auch, dass sie von Annedore verabschiedet wurde, und mit unklaren und doch recht unbehaglichen Gefühlen empfahl sie sich, um nun wieder zurück zur Stadt zu gehen.

Lange noch, nachdem ihr Besuch sie verlassen, stand Annedore an dem Fenster des kleinen altmodischen Zimmers. Plötzlich schlug die kleine Pendüle. Sechs dünnige zittrige Schläge waren es. Annedore fuhr auf und griff mit einem schluchzenden Laut jäh nach dem Halse, wie um jemand abzuschütteln, der sie würgen wollte. Ihr verzerrtes Antlitz wurde noch einen Schein blasser, und ohne sich nur auch noch einen Augenblick zu besinnen, lief sie hinunter zum Stall und befahl das Anschirren ihres Selbstkutschierers.

Frau Nehren begegnete ihr auf dem Hof – als sie zitternd vor Ungeduld auf ihr Gefährt wartete.

»Um Gottes willen – Annedore – wie sehen Sie aus? Wo wollen Sie hin?«

»Es geschieht ein Unglück, Frau Nehren – ich fühle es – Peter ist in Gefahr! Ich muss zu ihm!«

Damit schwang sie sich, wie sie ging und stand, auf den Wagen und, ehe Frau Nehren sich von ihrem Staunen erholt hatte, jagte das Gefährt aus dem Tor und auf der Waldstraße stadtwärts dahin.

Mancher der verspäteten Spaziergänger, der den schönen Abend noch draußen genießen wollte, begegnete dem Gefährt und sah ihm kopfschüttelnd nach.

Die Annedore Buchenau wurde doch immer exzentrischer.

Annedore lenkte mit fliegenden Pulsen ihren Traber – ihr Herzschlag jagte, und vor ihren Augen stand immer ein entsetzliches Bild. Peter, ihr Peter blutüberströmt zusammensinkend!

Zu immer größerer Eile trieb sie ihr Pferd. In einem Tempo, das alle Einwohner der Stadt erschrocken an die Fenster eilen ließ, jagte Annedore durch die Straßen, um mit einem Ruck vor Peters Haus zu halten.

Eilig sprang sie ab – führte den Wagen selbst nach dem Hof – strängte ihr Pferd ab – gab ihm Futter und zu saufen, dann erst betrat sie das Haus – eine ganz andere Annedore, als sie vor wenig Stunden noch war. Sie war sich voll bewusst ihrer

Handlungen – aber weder das perfide, erstaunte Gesicht der Haushälterin Peters, noch die neugierigen Gesichter an den Fenstern gegenüber konnten sie irritieren. Sie wusste, wenn Peter heimkam, brauchte er sie, und alle kleinmütigen und kleinlichen Bedenken schwiegen.

Lange stand sie am Fenster in Peters Studierzimmer, mit brennenden Augen die Straße hinabschauend. Endlich nahte sich im Schneckentrab ein Wagen.

Annedore presste die Hände vor den Mund, um den todbangen Angstruf zu ersticken. Sie wollte, musste tapfer sein, sonst hatte sie keine Berechtigung hier zu sein.

Der Wagen hielt langsam vor dem Haus – der Schlag öffnete sich – und mehr getragen von seinen Freunden als gehend erreichte Peter mühsam mit blassem, apathischem Gesicht sein Haustor.

Mit allem Willen, der in ihr war, machte sich Annedore selbst Mut, ehe sie ihrem armen Peter entgegenging. Im Flur traf sie mit den drei Herren zusammen. Betroffene Blicke seiner Begleiter empfingen Peters Braut. Sollte der Müller mit seiner Mutmaßung doch recht haben?

Die Begrüßung fiel sehr kühl aus. Annedore imponierte ihnen dann aber doch. Ruhig, mit einer erstaunlichen Umsicht gab sie der jammernden Haushälterin ein paar Befehle, die im Nu die ganze Verwirrung lösten.

Langsam wurde Peter in sein Schlafzimmer geführt. Ohne Prüderie, ohne an sich selbst zu denken, half Annedore den Verwundeten auskleiden und behutsam zu Bette bringen – ahnungslos, wie niedrig ihr die Selbstverständlichkeit ausgelegt wurde.

Peter hatte mit nichts weiter als mit einem herzzerreißenden Lächeln von Annedores Dasein Notiz genommen. Er war von dem starken Blutverlust und den Schmerzen zu sehr geschwächt, um ein lebhafteres Zeichen seiner Freude zu geben. Aber Annedore bemerkte doch, dass er ihr Dasein angenehm empfand, ja dankbar!

Ein paarmal streichelte sie schmeichelnd sein Haar, hauchte einen liebkosenden Kuss auf seine matten, blassen Hände. Die ganze Umwelt war für sie versunken. Nichts existierte als der liebe, arme Verwundete.

Sie hatte weder Sinn für die befremdenden Blicke der Herren oder die hämischen der Haushälterin. Sie verschaffte Peter jede Erleichterung und verabschiedete die Herren mit kurzem Dank, die sich rasch empfahlen, und nahm dann an dem Bett des Verwundeten Platz, den Kollegen Peters erwartend, den sie telefonisch um seinen Besuch gebeten hatte.

Endlich kam dieser. Seine Untersuchung war bald beendet. – Donnerwetter – ja – sein armer Kollege – war übel zugerichtet – aber wenn keine Komplikationen eintraten, dann würde ihn seine Bärennatur retten. Vor allen Dingen brauchte er Ruhe und durfte so wenig als möglich sprechen.

»Fräulein Buchenau – ich weiß nicht, ob Sie der schweren Aufgabe, die Ihrer hier wartet, voll gewachsen sein werden – ich weiß auch nicht, ob Sie Ihren trotzigen Mut, uns klatschsüchtigen Städtern die Stirn zu bieten, auf der Höhe halten können! Trotzdem muss ich Ihnen aber sagen, dass es vielleicht doch klüger wäre, Ihren Platz einer Pflegerin abzutreten – zumal die Ursache des Duells kein Geheimnis blieb – wie Sie sich denken können!«

Was Annedore verführte, zu tun, als sei sie vollkommen unterrichtet, wusste sie im Augenblick selbst nicht zu sagen. Der Doktor ging jedenfalls in die Falle, und mit Keulenschlägen prasselte die Wahrheit auf Annedore nieder. Der Arzt glaubte, keinerlei Rücksicht mehr nehmen zu müssen.

»Ich finde es wirklich kühn von Ihnen als der stadtbekannten Ursache dieses unglückseligen Duells, hier in das Haus zu kommen – wollen Sie damit nun ostentativ Ihre Unschuld beweisen?«

Annedore trat stolz und verletzt zurück:

»Ich möchte Sie nur darauf aufmerksam machen, dass Dr. Frensen mein Vormund, mein truester Freund ist. Und einen Freund in der Not zu verlassen, finde ich niedrig und schlecht. Da dürfen nicht kleinliche Bedenken uns vom rechten Wege abhalten. Zu Ihrer und Ihrer Gesinnungsgenossen Beruhigung möchte ich Ihnen aber noch mitteilen, dass Dr. Frensen seit gestern mein Verlobter ist. Nun wird mir ja niemand mehr den Platz an seinem Lager streitig machen. Ich bin leider nicht in der glücklichen Lage, mich der schirmenden Begleitung meiner Eltern anzuvertrauen. Mein einziger Schutz, mein einziger Freund, der einzige Mensch, der sich um mich in all den Jahren bemühte und sorgte, ist er. Nun werden Sie hoffentlich begreifen, dass mich kleinliche Bedenken irgendwelcher Art nicht von seinem Krankenbette führen können.«

»Mein liebes, hochverehrtes Fräulein Buchenau – ich stehe beschämt – Sie sind ein prachtvoller, tapferer Mensch, und fortan müssen Sie mir erlauben, zu Ihrer Fahne schwören zu dürfen? Seien Sie meiner Gedankenlosigkeit nicht gram. Der Mensch ist ein Herdentier – und wo einer Pereat oder Vivat schreit – schreien wir alle mit – nur nach eigener Überlegung zu handeln, brauchen wir immer erst einen starken Stoß. Schlagen Sie ein, Fräulein Buchenau. Und lassen Sie mich Ihnen treulich zur Seite stehen, bis wir unseren prächtigen lieben Patienten, der schon eines Opfers wert ist, über den Berg haben.«

»Mit Freuden – Herr Doktor!« Und Annedore schlug ehrlich und offen in die reumütig gebotene Hand ein. Nun bekam sie eine Menge Aufträge und Verordnungen, die sie sich gewissenhaft notierte, und erst spät am Abend verließ der Arzt das Doktorhaus.

Annedore versuchte telefonisch Verbindung mit Buchenau. Sie teilte der erschrockenen Frau Nehren mit, dass Peter krank sei, ihrer Hilfe bedürfe. Sie sollte ihr mit einem Knecht das Notwendigste an Wäsche und dergleichen in die Stadt schicken; denn ehe Dr. Frensen nicht über das Schlimmste fort war, würde Annedore um keinen Preis nach Buchenau zurückkommen.

In all der langen Zeit, die Annedore mit seinem Kollegen sprach und Befehle erteilte, lag Peter in seinem Schlafzimmer und starrte trübselig zu der mit Rosen und Amoretten bemalten Decke.

Wenn er auch außerstande war, sich selbst zu behandeln, so konnte er sich doch die Diagnose selbst stellen. Es stand ziemlich ernst um ihn, Assessor Müller hatte sich für seine Ohrfeige gründlich revanchiert.

Dass die Sekundanten sich nachträglich darüber einig wurden, dass Müller sich nicht ganz ordnungsmäßig geschlagen hatte – machte seine Wunde nicht wieder heil. Es schürte höchstens seinen Grimm, dass er als anständiger Mensch, der für eine gerechte Sache gekämpft hatte, durch eine Gemeinheit erledigt wurde. Außerdem bekümmerte es ihn tief, dass die ganze Sache durch Müllers Vorgehen wohl nach ein Nachspiel haben musste, das den Grund des Duells an den Tag bringen und Annedores Name nun doch noch durch den ganzen Schmutz eines öffentlichen Skandals geschleift werden würde.

Peter lag unbeweglich, während seine Gedanken fieberhaft arbeiteten. Er war so zerrissen von den letzten Erlebnissen, dass er nicht wusste, sollte er Annedore für ihr Kommen danken, sollte er dem großartigen Leichtsinn, mit dem sie sich dem dummen Gerede preisgab, zürnen? Woher wusste sie überhaupt von seinem Unglück? Wer hatte ihm das angetan, sie zu benachrichtigen? Die Frage war so quälend, so brennend, dass sie nach Worten rang.

»Woher wusstest du darum, Annedore?« Leise und ohne sich zu rühren, stellte er die Frage. Annedore, die träumend am Bett gesessen hatte, schrak leise zusammen. Schlief er denn nicht? Sprach er aus Fieberträumen?

»Schläfst du denn nicht, Liebster? Der Arzt hat mir gesagt, dass du möglichst wenig sprechen sollst und dich ja nicht aufregen darfst. Du wirst selbst wissen, wie es um dich steht. Am liebsten spräche ich mit dir gar nicht von der Sache – aber ich fürchte, du regst dich dann noch mehr auf mit allerlei quälenden Fragen – deshalb will ich dir Punkt um Punkt erzählen, was ich in den letzten Stunden erlebt habe. Du musst mir aber versprechen, Peter, dich nicht aufzuregen – mir zuliebe – ja?«

Peter lag still und flach auf dem Rücken, mit großer Energie unterdrückte er all die heftigen Äußerungen, die ihm die schier unglaubliche Erzählung Annedores erpressen wollte.

Viel hatte er nie von dem Assessor Müller gehalten, aber dass er so wenig ehrenhaft war, hatte er doch nicht vermutet.

Annedore, seine kleine, tapfere Annedore tat ihm innig leid. Wieder und immer wieder streichelte er mit seiner matten, erschlafften Hand die ihre, und diese stille schöne Liebkosung sagte ihr mehr, als tausend Worte es vermocht hätten. – – –

Die Duellaffäre hatte natürlich in dem kleinen Städtchen alles gewaltig in Aufruhr gebracht. Die unerhörtesten Gerüchte liefen von Haus zu Haus. Bei den meisten Menschen feierte Müller Triumphe. Er war der Held des Tages. Nur wenige sprachen für Dr. Frensen, denn er hielt es in seiner vornehmen Natur für vollkommen überflüssig, Proselyten für sich zu machen, und seine schwere Verwundung legte ihn sowieso lahm. Da hatte Assessor Müller, der mit schönen Redensarten von Haus zu Haus zog, freies Feld – und bald genug war er auch Herr der

Situation. Redereien von »Gottesgericht« und Annedores unbekümmerte Anwesenheit im Doktorhaus waren das Feld, das Müller eifrig bearbeitete.

Es fanden sich sehr wenig Menschen, die es von Annedore nicht schamlos fanden, ihren kranken Verlobten zu pflegen. Man skandalisierte gedankenlos über ihre Anwesenheit, und die Ehrenrettung, die der Peter behandelnde Arzt für Annedore vom Stapel ließ, fand eine einmütige Ablehnung. Das Fräulein Buchenau hatte dem alten Junggesellen eben auch den Kopf verdreht.

So stand es um die Stimmung in der Stadt, als Annedore nach vielen schweren Tagen das erste Mal wieder durch die Straßen ging. Annedore war in den Augen der meisten eine Verworfene, und Dr. Frensen tat jedem einzelnen leid, weil er sich für ihre Sache geschlagen hatte.

Annedore machte die Luft, die sie so lange entbehrt hatte, ganz schwindlig. Es wurde ihr so selig müde zu Sinn. Wie träumend schritt sie durch die Straßen. Sie sah nicht, wenn zwei, die ihr begegneten, einander aufmerksam machend, sich anstießen – sah das hämische, abtuend wissende Lächeln auf so manchem Gesicht nicht.

Erst eine Begegnung mit Hannchen Müller riss sie aus ihren Gedanken. An einer Straßenecke stieß sie unvermutet mit dem jungen Mädchen zusammen. Sie grüßte Fräulein Müller artig und höflich. Was konnte das dumme, kleine Mädel schließlich dafür, dass sie einen so bösen Bruder hatte! Hannchen Müller war durch Annedores Gruß in tödlicher Verlegenheit. Von allen Fenstern konnte sie beobachtet werden. In ihrer Angst tat sie, als sähe sie Annedore nicht.

Heiße Röte zorniger Ungeduld trat in Annedores Gesicht. Energisch vertrat sie dem dummen Mädel den Weg. »Guten Tag, Fräulein Müller – Sie haben mich wohl nicht gesehen?«

»Doch –«

Das Wort zurückzuhalten war zu spät.

»Sie wollten mich nicht sehen – darf ich fragen, warum Sie sich so – unerklärlich benehmen?«

»Gott – Fräulein Buchenau – mir ist das wirklich peinlich, kein Mensch würde mit Ihnen sprechen.«

»Und warum nicht, wenn ich bitten darf?«

»Weil – weil – nun eben weil Sie bei Dr. Frensen sind.«

Annedore erblasste tief – und gab dem verzweifelt und ängstlich um sich blickenden Hannchen Müller den Weg frei.

Mit beschleunigten Schritten eilte diese davon. Annedore blieb noch lange wie angewurzelt am selben Fleck stehen. Etwas unglaublich Hässliches war jetzt an sie herangekrochen. Hilflos stand sie all den dummen Gedanken gegenüber, die auf sie einstürmten.

Und dann kam wie ein ganz starkes Heimweh die Sehnsucht nach Peter über sie. Trotzdem sie höchstens eine Viertelstunde von Hause fort war, kehrte sie um und eilte zu Peter heim. Wie Nadelstiche fühlte sie, nun sehend geworden, all die bösen, hämischen und verächtlichen Blicke. Das kleine Stückchen Weg zurück war für Annedore schlimmer als Spießruten laufen.

Blass und außer sich kam sie im Doktorhause an. Peter war sehr erstaunt, dass sie schon zurück war. Annedore nahm sich krampfhaft zusammen, um ihn nichts von ihrer Unruhe merken zu lassen.

Peter bemerkte aber sofort, dass Annedore irgendetwas mit sich herumtrug. Eine ganze Weile ließ er ihr Zeit, dann zog er sie an der Hand an seine Seite und fragte sie ruhig:

»Na – Annedore – kein Vertrauen zu mir?«

»Aber Peter – wie kommst du auf die Frage?«

»Weil ich dir anmerke, Liebling, dass dich etwas bewegt – und doch findest du keinen Mut, mir's anzuvertrauen.«

»Peter – nein, das darfst du nun wirklich nicht sagen! Gern, nur zu gern möchte ich es von der Seele haben!«

»Dann sprich doch, mein Liebling, vielleicht kann ich dir helfen?«

»Wenn ein Mensch auf der Welt, dann nur du, Peter.«

»Annedore, du bist ja ganz außer dir, du zitterst ja am ganzen Körper. Nur ruhig, mein armes Vögelchen!«

»Ach Peter – Peter!«

Und trotz aller Gegenwehr weinte Annedore bittere Tränen. Peter gönnte ihr die Wohltat der Tränenflut und wartete geduldig, bis sie sich wieder gefasst und beruhigt hatte.

»Was ist nun, meine kleine Annedore?«

Und unter Schluchzen und Erröten erzählte Annedore von ihrer Begegnung mit Hannchen Müller.

Peter war im Innersten getroffen. Leise streichelte er Annedores Haar, und endlich war er Herr seiner Erregung und konnte die ganze Angelegenheit so überlegen behandeln, wie es für Annedore jetzt notwendig war:

»Weißt du, die Familie Müller fängt an, mir fürchterlich zu werden. Das Duell hätte ich mir so nun eigentlich sparen können. Die dummen Menschen hier lassen sich, scheint es, um keinen Preis überzeugen, was du für ein lieber, kleiner Prachtkerl bist.«

»Peter, ich bin so so außer mir – mache mir solche Vorwürfe! Ich hätte doch wissen müssen, in welch schiefe Lage ich dich und mich brachte!«

»Nein, das konntest du mit deinem goldenen, reinen Sinn nicht wissen. Und nun pass mal auf, Kleines, ich habe eine herrliche Idee!«

»Ja, Peter?«

»Wir heiraten sofort!«

»Das geht aber doch nicht so geschwind, wie du denkst!«

»Doch Annedore, sehr geschwind. Ich bestelle sofort das Aufgebot. In wenig Wochen können wir heiraten. Du bleibst so lange ruhig in Buchenau. Ganz in aller Stille lassen wir uns dann trauen, und wenn wir schon auf der Hochzeitsreise sind, erfahren die niederen Krähwinkler eines Morgens durch die Annonce in der Zeitung, dass unsere Trauung stattgefunden hat. Und wenn wir dann heimkehren von unserer Reise ins Wunderland – du liebe, süße Frau – stürzen wir uns kopfüber in unsere Aufgabe, Buchenau zum Waldsanatorium zu machen.«

Peter hatte Annedore bei diesen Worten fest im Arm gehalten und sie leicht hin und her gewiegt, wie tröstende Mütter mit ihren Kindern tun. Jetzt sah ihn Annedore halb zagend, halb hoffend an:

»Damit wird aber das Gerede nicht totgemacht, Peter!«

Peter sah sie aus seinen guten Augen treu und überzeugend an. »Nein – Annedore – das können wir leider mit nichts, mit gar nichts entkräften – aber wir wollen ihnen zeigen, den dummen Krähwinklern, dass wir hoch über ihrem gemeinen Gerede stehen. Du und ich, wir wissen, wie unrecht sie uns damit tun, und in dieser Gewissheit ruht unsere Kraft, unsere Überlegenheit. Du wirst meine tapfere Annedore sein, und wir werden sie eines Tages doch so weit haben, dass sie sich ihrer feigen Verleumdung schämen. Kopf hoch, Annedore – und klaren Auges geradeaus! Wir gehen Hand in Hand!«

Alles geschah dann genau, wie Peter Frensen wollte. Und wer Annedore und Peter begegnete, dem wurde es unabweisbar klar: Das waren strahlend glückliche Menschen, diese zwei Verfemten!

Dann, als Krähwinkel mit Klatsch kein Unglück mehr anrichten konnte, denn Peter hatte sich eisern in der Gewalt und verlachte ganz einfach die dummen Redereien, da wurden er und Annedore boykottiert.

Auch das sah sich Peter lachend an – er baute auf seine Kraft, baute auf sein Können – als Arzt wurde er in den ernsten Fällen doch immer gerufen, aber gesellschaftlich war er verpönt.

Damit meinte Krähwinkel Peter fürchterlich zu strafen, und sie ärgerten sich über sein strahlend glückliches Gesicht, mit dem er täglich hinaus nach Buchenau fuhr. Es war ihm anzusehen, dass die vermeintliche Strafe ihm eher eine Herzenswohltat war.

Und dann waren Annedore und Peter plötzlich abgereist – ganz frei und offen vor aller Leute Augen! Das war denn doch – – – Und Krähwinkel wollte sich gerade wieder sittlich entrüsten und einen neuen Skandal in die Welt – in ihre Welt – setzen –, da flatterten die Morgenblätter in die Häuser, und Klatsch und Entrüstung schwiegen verblüfft:

Ihre Vermählung beehren sich anzuzeigen
Dr. Peter Frensen und
Frau Annedore, geb. Buchenau.

So stand in der Zeitung.

Als dann nach vielen Wochen die beiden Glücklichen heimkehrten von ihrer Hochzeitsreise, begannen sie mit dem Umbau Buchenaus. Um Krähwinkel kümmerten sie sich überhaupt nicht mehr.

Ein Heer von Handwerkern verwirklichte ihre Pläne. In unglaublich kurzer Zeit war der letzte Hammerschlag getan und über dem einfachen Tor prangte in goldenen Lettern: »Sanatorium Buchenau«.

Schneller als es Peter in kühnsten Träumen erhofft hatte, bekam Buchenau einen Weltruf. Und von nah und fern kamen die Patienten, um sich von Dr. Frensen kurieren und von seiner reizenden Frau Sonne in die Herzen zaubern zu lassen. Und

Krähwinkel profitierte von dem Glanz. Die Geschäfte hoben sich, und Peter Frensen, der Vielgeschmähte, wurde zum »Wohtäter der Menschheit«, wie ihn in einer Gemeindesitzung ein ganz besonders reumütiger Vater der Stadt nannte, damit das Signal zu einem offiziellen Bedauern der strengen Maßnahmen gegen Dr. Frensen und seine »reizende« Frau gebend. So hoch verstiegen sie sich in Krähwinkel wahrhaftig!

Die Freude bei Peter und Annedore über die reuigen Sünder war nicht so groß, als diese sich eingebildet hatten. Sie kehrten eigentlich alle mit ein wenig unbehaglichen Gefühlen von ihren Bußgängen heim.

Aus Buchenau aber reichten sich zwei Menschen mit glückstrunkenen Augen die Hände. Peter hatte recht behalten. Krähwinkel schämte sich!

Im Lauf der langen Zeit war das alles für sie beide so unwichtig geworden, dass sie höchstens noch ein kleines, spöttisches Lächeln gefunden hatten.

Innerlich und äußerlich waren sie längst unabhängig von Krähwinkler Beschlüssen.

Das Glück wohnte in Buchenau, und Peter und Annedore schenkten es sich gegenseitig täglich, stündlich aufs Neue.

Ihr Retter in der Not

»Es tut mir leid, die Stelle ist schon besetzt.«

Margot Delius senkte das Haupt, seufzte tief auf und ging langsam, mit müden Schritten, die Treppe wieder hinab.

Wie oft hatte sie diese oder eine ähnliche Abweisung nun schon erhalten. Matt zum Umsinken stand sie unten eine Weile vor der Tür des Hauses, das sie, um eine Hoffnung ärmer, verlassen hatte. Seit Wochen bemühte sie sich vergebens, eine Stellung zu erhalten, die es ihr ermöglichte, ihr Brot auf ehrliche Weise zu verdienen. Solange sie ihre kranke Mutter pflegen musste, war sie gar nicht so recht zur Erkenntnis ihrer Lage gekommen, da hatte die Angst um das geliebte Leben alles andere in ihr verstummen lassen.

Ihre Gedanken flogen in die Vergangenheit zurück, während sie müde und bedrückt die Straße hinabschritt. Sie gedachte wehmütig ihrer glücklichen Kindheit. Wie sorglos hatte sie in ihrem Elternhause gelebt. Der Vater hatte eine sehr einträgliche Stellung als Prokurist in einem großen Exporthause innegehabt, und es war ihm möglich gewesen, mit den Seinen ein behagliches Leben zu führen und auch noch ein hübsches Vermögen zurückzulegen. Er hatte die Mutter auf Händen getragen, ihre zarte, kleine Mutter, die vor ihrer Verheiratung einige Jahre in England in der Familie eines Lords lebte und dessen Kinder erzog. Ihr einziges Kind, ihre Margot, wurde nach denselben Grundsätzen erzogen wie einst die Kinder des Lords, und so erhielt auch Margot wirklich die beste Erziehung.

Aber der Vater starb viel zu früh an einem Herzleiden. Seiner Ansicht nach ließ er Frau und Kinder wohlversorgt zurück, denn sein Vermögen war in guten, mündelsicheren Staatspapieren angelegt. Das Sicherste hatte er gewählt, um nur so beruhigt sein zu können. Margot war damals erst zwölf Jahre alt gewesen. Noch inniger hatten sich Mutter und Tochter nach des Vaters Tode einander angeschlossen, und dank des Vaters Fürsorge lebten sie sorglos und behaglich von den Zinsen. Große Ansprüche hatten sie nie gestellt, denn alles, was sie brauchten, war dagewesen. Dann aber kam der Krieg und nach ihm die böse Inflation, und dabei war den beiden geschäftsunkundigen Frauen ihr Besitz wie Schnee unter der Sonne unter den Fingern zerronnen. Immer knapper wurde das kleine Einkommen aus Zinsertrag, sie hatten das Kapital angreifen müssen, bis es aufgebraucht war. Die Mutter war vor Not und Sorge krank geworden, und man veräußerte ein Stück nach dem anderen von der verbliebenen Habe. Die Krankheit der Mutter und die immer weiter fortschreitende Inflation hatte schließlich alles Vermögen aufgezehrt. Als die Mutter gestorben war, verkaufte Margot auch die letzten Habseligkeiten, damit sie den Arzt und das Begräbnis der Mutter bezahlen konnte ...

Allein und hilflos stand Margot nun im Leben und musste froh sein, dass sie ein kleines Stübchen bei einer alten Flickfrau fand, die in guten Tagen von ihrer Mutter beschäftigt wurde und die zu den wenig dankbaren Menschen gehörte, die genossene Wohltaten nie vergessen.

»Kriechen Sie man bei mich unter, Fräulein Margotchen, der liebe Gott wird schon weiter helfen, und solange ich noch een Dach über dem Koppe habe, sollen Sie ooch eens haben«, hatte sie gesagt.

Margot verfügte über manche Kenntnisse, mit denen sie sich ihr Brot verdienen konnte. Vor allen Dingen hatte sie von ihrer Mutter ein großes Sprachtalent geerbt und beherrschte wie diese perfekt die englische und französische Sprache. Auch schrieb sie flott Maschine, denn ihr Vater hinterließ eine Schreibmaschine, auf der sie sich übte, bis auch sie verkauft werden musste.

Mit der Stenografie machte sie sich schon frühzeitig vertraut, weil sie ahnungsvoll die Zeit kommen sah, da sie auf eigenen Füßen würde stehen müssen. Die lange Krankheit der Mutter hatte sie gehindert, sich schon eher eine Stellung zu suchen. Obwohl sie sich täglich bemühte, war es ihr bisher noch nicht gelungen, irgendwo unterzukommen. Entweder waren die Stellungen, um die sie sich bewarb, schon vergeben, oder die Firmen verlangten Zeugnisse, die sie nicht aufweisen konnte.

Eine beklemmende Angst stieg in ihr auf, wenn sie an die Zukunft dachte. Nur etwas Wäsche und einige Garderobestücke besaß sie noch. Wenn sie jetzt keine Stellung fand – wie sollte sie in der nächsten Zeit ihr Leben fristen?

Sie biss die Zähne zusammen und sah in das kleine Notizbuch, in das sie die Stellungen notierte, die sie aus der Zeitung heraussuchte. Noch eine letzte Adresse fand sie aufgezeichnet. Ein Rechtsanwalt Dr. Görring suchte eine flotte Stenotypistin, die der englischen Sprache mächtig war und über gute Zeugnisse verfügte.

Sie seufzte. Ziemlich mutlos und schon im Voraus überzeugt, dass man sie wieder achselzuckend fortschicken würde, begab sie sich nach dem Büro des Rechtsanwaltes. Es lag in der Markgrafenstraße in einem großen Geschäftshaus. Margot stieg eine halbdunkle Treppe hinauf und blieb in der ersten Etage vor einer großen Tür stehen, an der das Namensschild Dr. Görrings angebracht war. Sie presste die Hand auf das bang klopfende Herz und nahm all ihren Mut zusammen. Wenige Minuten später stand sie vor dem Bürochef des Rechtsanwaltes. Ein mürrischer, vertrockneter Aktenmensch sah fragend zu ihr auf. Sein farbloses Gesicht sah aus, als sei es mit Aktenstaub überzogen.

»Was wünschen Sie?«, fragte er verdrießlich.

»Ich möchte mich um die ausgeschriebene Stellung einer Stenotypistin bewerben.«

»Zeugnisse!«, forderte er kurz und bündig.

»Bedaure, ich war noch nie in Stellung.«

Er schüttelte missbilligend den Kopf, als fasse er eine solche Anmaßung nicht.

»Keine Zeugnisse? Dann hat es gar keinen Zweck. Ich brauche Sie gar nicht erst vorzulassen.«

Margot seufzte tief auf, es klang wie ein Stöhnen. »Ach, wollen Sie nicht einmal versuchen, ob mich Herr Doktor Görring empfängt? Ich würde gern erst zur Probe arbeiten.«

Wieder schüttelte der Aktenmensch den Kopf.

»Wie denken Sie sich das? Ohne Zeugnisse? Ganz ausgeschlossen. Außerdem ist der Herr Doktor momentan gar nicht anwesend.«

In diesem Augenblick wurde die Tür geöffnet, und ein schlanker, hochgewachsener Herr Ende der dreißiger Jahre trat ein. Er war sehr elegant gekleidet und sah frisch und energisch aus. Fragend blickte er auf Margot. Der Bürochef hatte sich erhoben und dienerte.

»Tag, Frensen! Liegt was Wichtiges vor?«, fragte er.

»Das Wartezimmer ist besetzt, Herr Doktor, drei Damen und vier Herren.«

»Na dann mal los!«

Doktor Görring wollte in sein Sprechzimmer treten. Dabei warf er noch einen fragenden Blick auf Margot, und dieser Blick traf in die großen grauen Augen der jungen Dame, die von dunklen Brauen und Wimpern umrahmt waren und seltsam hell aus dem blassen Gesicht leuchteten. Etwas in den flehenden Augen fesselte ihn. Unwillkürlich blieb er stehen.

»Wünschen Sie mich zu sprechen, mein gnädiges Fräulein?«

Trotz des schlichten Trauerkleidchens, das Margot trug, wirkte sie unbedingt damenhaft.

»Verzeihung, Herr Doktor, ich kam, um mich um die Stellung einer Stenotypistin zu bewerben, die Sie ausgeschrieben haben.«

»Ah so!«, sagte der Rechtsanwalt und sah fragend zu seinem Bürochef hinüber.

»Sie hat keine Zeugnisse, habe schon abgelehnt«, sagte dieser, Margot wie einen lästigen Eindringling ansehend.

Doktor Görring wollte, bedauernd die Achsel zuckend, davongehen, aber Margots verzweifeltes Gesicht und ihr flehender Blick bannten ihn.

»Ja, wenn Sie keine Zeugnisse haben«, sagte er unschlüssig.

Margot nahm allen Mut zusammen.

»Ich war noch nie in Stellung, Herr Doktor, aber ich würde mir so viel Mühe geben, sicher würde ich Sie zufriedenstellen«, sagte sie flehend.

Doktor Görring öffnete die Tür zu seinem Sprechzimmer. Er forderte Margot zum Eintritt in sein Zimmer auf.

»Herr Doktor, die Klienten warten«, mahnte der Bürochef.

Doktor Görring wehrte leicht ab.

»Sie mögen noch fünf Minuten länger warten, ich will erst sehen, ob diese junge Dame sich für die Stellung eignet. Sie wissen, es liegt mir viel daran, dass sie schnell besetzt wird.«

Und er trat hinter Margot in sein Zimmer und zog die Tür hinter sich ins Schloss. Es war ein vornehm eingerichteter Raum mit einem Riesenschreibtisch, eleganten Klubmöbeln und schönen, echten Perserteppichen. Die eine Wand des Zimmers nahm ein großes Büchergestell ein. Doktor Görring hing Hut und Paletot in einen Eckschrank und wandte sich dann Margot zu. Unschlüssig sah er sie eine Weile an und fühlte sich seltsam gefesselt durch den flehenden Ausdruck ihrer Augen. Jetzt, da das helle Licht durch die großen Fenster fiel, sah er erst, wie reizvoll ihre feinen Züge waren, aber er bemerkte nun auch, wie ärmlich trotz peinlicher Sauberkeit ihre Kleidung war. Sie passte absolut nicht zu der vornehmen Erscheinung der jungen Dame.

»Also, Sie bewerben sich um die Stellung als Stenotypistin? Haben Sie denn die nötigen Kenntnisse?«

Margot atmete gepresst, und unter seinem immer interessierter werdenden Blick stieg helle Röte in ihre Wangen.

»Ich beherrsche die englische und französische Sprache, stenografiere geläufig und schreibe flott auf der Maschine.«

»Hm! Können Sie geläufig nach Diktat stenografieren, so schnell, wie ich jetzt mit Ihnen spreche?«

»Ja, Herr Doktor, ich glaube, dass ich das kann, trotzdem ich es noch nicht versucht habe.«

»Sie waren noch nie in Stellung?«

Margot gab einen kurzen Bescheid über ihr bisheriges Leben und verhehlte ihm ihre Notlage nicht.

Etwas wie Rührung beschlich ihn, er wusste nur zu gut, wie viele Menschen durch die Inflation verarmt waren, und es sprach für dieses junge, schöne Geschöpf, dass es sich ehrlich um Arbeit mühte und in seiner Not nicht auf Abwege geriet.

Er gab sich einen Ruck.

»Also, versuchen mir es einmal. Da liegt ein Notizblock, hier ist ein Tintenstift. Setzen Sie sich und schreiben Sie.«

Mit bebenden Händen fasste sie den Stift und den Notizblock. Er diktierte ihr ziemlich schnell, erst einige deutsche Sätze, dann einige in englischer und zuletzt einige in französischer Sprache. Sie spannte alle Kräfte an, um ihm zu folgen, und stenografierte. Dann deutete er auf eine Ideal-Schreibmaschine, die auf einem kleinen Tisch am Fenster stand.

»So, nun übertragen Sie das Diktat auf der Schreibmaschine.«

Sofort machte sich Margot an die Arbeit, während er sich einem Aktenstück auf seinem Schreibtisch zuwandte. Aber dabei flog sein Blick immer wieder zu Margot hinüber, deren Gesicht sich jetzt im Eifer etwas gerötet hatte. Jetzt erhob sie sich und reichte ihm das tadellos beschriebene Blatt. Er nickte.

»Gut, ich engagiere Sie. Können Sie morgen antreten, es wäre mir lieb.«

Margots Augen leuchteten so strahlend auf, dass Heinz Görring vor der intensiven Leuchtkraft dieser Augen fast erschrak.

»Ja, Herr Doktor.«

Das kam wie ein Jauchzen über ihre Lippen. Er lächelte.

»Sie sind erfreut?«, fragte er, wieder gegen eine leise Rührung ankämpfend.

Sie drückte die Hände aufs Herz.

»Oh, so sehr!«

»Gehen Sie jetzt zu meinem Bürochef, sagen Sie ihm, dass ich Sie engagiert habe, und einigen Sie sich mit ihm über die Gehaltsfrage, ich hin da nicht so genau versiert, habe auch jetzt keine Zeit mehr.«

Sie verbeugte sich.

»Ich danke Ihnen, Herr Doktor – es soll mein eifrigstes Bemühen sein, Sie zufriedenzustellen«, beteuerte sie halb erstickt vor Erregung.

Er nickte.

»Wollen sehen!«, sagte er erzwungen formell. »Wie heißen Sie doch?«

»Margot Delius.«

»Gut, also morgen früh auf Wiedersehen, Fräulein Delius.«

»Auf Wiedersehen, Herr Doktor!«

Margot ging. Er sah ihr eine Weile in Gedanken versunken nach.

Tapfres Mädel! Wie leicht man doch einen Menschen glücklich machen kann. Und – was sie für schöne Augen hat, dachte er. Aber dann richtete er sich energisch auf und drückte auf eine

Klingel an seinem Schreibtisch. Auf dies Zeichen wurde ihm der erste Klient aus dem Wartezimmer zugeführt.

Margot war in glücklichster Stimmung in ihr bescheidenes Heim zurückgekehrt und hatte ihrer Wirtin jubelnd von ihrem Engagement berichtet. Den Rest des Tages verbrachte sie damit, ihren Anzug für den nächsten Tag in Ordnung zu bringen und ein wenig aufzufrischen. Dabei sah sie immer wieder mit leuchtenden Augen vor sich hin.

Welch ein großes Glück, dass Doktor Heinz Görring gerade in dem Augenblick in sein Büro trat, als der Bürochef sie abgewiesen hatte. Wie dankbar war sie dem jungen Rechtsanwalt. Ein sehr anständiges Gehalt hatte ihr der Bürochef zugesichert, ein wenig mürrisch freilich. Er sah sie immer wieder misstrauisch von der Seite an und unterzog sie einem Verhör. Aber das hatte sie nicht mehr angefochten, sie war ja engagiert, von Doktor Görring selbst. Ach, was war das für ein Mann!

Immer wieder rief sie sich seine stattliche, energische Persönlichkeit ins Gedächtnis zurück. Er war so gut gewesen, hatte sie mit einem so ermutigenden Lächeln entlassen, dass sie schon aus diesem Lächeln allein neuen Lebensmut geschöpft hatte. Sie wollte ihm mit der ganzen Kraft ihres Könnens dienen, wollte ihm von ganzem Herzen dankbar sein und nie vergessen, dass er sie vor dem völligen Zusammenbruch bewahrte.

Und pünktlich trat sie am anderen Morgen ihre Stellung an. Unter ihren wenigen Habseligkeiten hatte sich noch eine schlichte weiße Waschbluse gefunden. Die hatte sie sich zurechtgemacht und trug sie nun zu ihrem schwarzen Rock, denn es erschien ihr nicht richtig, im Trauerkleid ihre neue Stelle anzutreten. Die Trauer um die geliebte Mutter hatte ja nichts mit ihrer Tätigkeit zu tun. Ihren Gram trug sie im Herzen. Am Abend vorher nahm sie ein kräftiges Abendessen zu sich und am Morgen eine Tasse Kakao und zwei Weißbrötchen. Bis zum nächsten Ersten kam sie nun schon mit ihrem letzten Geld aus. Dann würde sie ihren ersten Gehalt beziehen! Wie herrlich der Gedanke war, einmal aller Sorgen ledig zu sein, nicht immer die Angst ertragen zu müssen: Was soll aus dir werden?

Sie fühlte sich schon viel frischer und den Anforderungen ihrer neuen Stellung gewachsen. Als sie sich dem Bürochef zum Antritt meldete, sah er sie etwas weniger mürrisch an als am Vortage. Dem vertrockneten Aktenmenschen war zumute, als sei ein Sonnenstrahl in sein dunkles Amtszimmer gefallen.

Er führte Margot durch die Büroräume, wo junge Herren und Damen bei der Arbeit waren, bis zu dem Zimmer, das neben Doktor Görrings Sprechzimmer lag. Hier saß noch eine ältere Dame an der Schreibmaschine und schrieb Aktenstücke ab.

Margot grüßte freundlich.

»Fräulein Strauß, das ist die neue Stenotypistin, Fräulein Delius.«

So machte der Bürochef die beiden Damen bekannt.

Fräulein Strauß nickte mit einem schattenhaften Lächeln auf dem spitzen Vogelgesicht. Der Bürochef wies Margot ihren Platz hinter einer fast neuen Schreibmaschine an, die am Fenster stand, und legte ihr einige Schriftstücke, darunter einige Briefe in englischer Sprache vor.

»Die Briefe können Sie inzwischen übersetzen. Sie betreffen einen Prozess, den Doktor Görring gegen eine englische Gesellschaft führt. Achten Sie aber auf eine genaue Übersetzung, der geringste Fehler kann dazu führen, dass der Prozess verloren oder doch wenigstens verschleppt wird. Wenn diese Klingel zweimal anschlägt, werden Sie zu Herrn Doktor Görring gerufen und können ohne Weiteres ohne anzuklopfen sein Zimmer betreten. Sie bringen ihm die übersetzten Briefe und versehen sich mit dem Notizblock und dem Tintenstift, falls Herr Doktor diktieren will.«

Margot bejahte und machte sich sogleich an die Arbeit. Als Fräulein Strauß nach einiger Zeit aus einem Schubfach ihr Frühstück nahm, sagte sie mit einer leisen, heiseren Stimme:

»Frühstücken Sie auch gleich, Fräulein Delius, denn wenn der Doktor kommt, haben Sie vielleicht keine Zeit mehr.«

Margot sah freundlich zu ihr hinüber.

»Danke, Fräulein Strauß, aber ich habe schon daheim gefrühstückt.«

»Na, bringen Sie sich nur in Zukunft einen Ohnmachtshäppchen mit. Aktenstaub zehrt, da wird man schnell schlapp.«

»Ich hin Ihnen dankbar für diesen Rat und werde ihn gern befolgen«, erwiderte Margot.

Sie war eben mit der ihr aufgetragenen Arbeit fertig geworden, als das Klingelzeichen aus dem Sprechzimmer des Doktors ertönte. Margot zuckte zusammen und wurde glühendrot. Ihr war, als setzte ihr Herzschlag aus. Aber sie erhob sich schnell, nahm den Notizblock und den Tintenstift und legte die übersetzten Briefe darauf. Dann betrat sie das ihr schon bekannte Sprechzimmer, diesmal von einer anderen Seite aus.

Doktor Heinz Görring saß an seinem Schreibtisch, und als er Margot erblickte, zuckte es in seinen Augen auf. Er hatte immer wieder an seine neue Stenotypistin denken müssen. Jetzt sah er nun erst, wie reizend sie war, denn ihr wundervolles Haar und die schöne klare Stirn wurden nicht von einem unmodernen Hut verdeckt. Und – lag es an der weißen Bluse oder an dem völlig veränderten Gesichtsausdruck – aus dem blassen vergrämten Mädel von gestern war ein strahlendes, frisches Geschöpf geworden.

Doktor Görring wurde ein wenig warm unter dem Blick der großen grauen Augen, und er musste sich zu einem trockenen Geschäftston zwingen.

»Na, haben Sie Ihre Stellung angetreten, Fräulein Delius – nicht wahr, so war doch Ihr Name?«

»Ja, Herr Doktor.«

»Und haben Sie die englischen Briefe übersetzt?«

Sie legte sie vor ihn hin.

»Hier sind die Briefe und die Übersetzungen, Herr Doktor.«

Er nahm Einblick.

»Ist die Übersetzung auch genau und korrekt? Ich bin in der englischen Sprache nicht so firm, und es kommt hier auf jedes Wort an.«

»Sie können beruhigt sein, Herr Doktor, die Übersetzung ist fehlerlos.«

Ein schwaches Lächeln huschte um seinen Mund.

»So sicher sind Sie?«

»Meine Großmutter war eine Engländerin und meine Mutter war jahrelang Erzieherin der Kinder des Lords Melvil, ehe sie meinen Vater heiratete. Auch mein Vater hielt sich jahrelang in England auf, ehe er Prokurist eines Exporthauses wurde, das viel mit England zu tun hatte … So wurde bei uns zu Hause fast nur Englisch gesprochen, und ich beherrsche daher die englische Sprache.«

Interessiert hatte er ihren Worten gelauscht.

»Ah, das ist mir sehr lieb, da ich Ihrer Dienste in dieser Beziehung am meisten bedarf. Bitte setzen Sie sich, ich will Ihnen mehrere Briefe diktieren. Einige werden Sie mir dann in die englische Sprache übersetzen. Ich diktiere sie lieber in deutscher Sprache und überlasse Ihnen die Übertragung.«

Mit aller Konzentration war sie bei der Sache. Er diktierte, und sie freute sich, dass sie ihm so schnell und mühelos folgen konnte. Zuweilen stockte er, es war, als irritierte ihn das goldene Flimmern ihres Haares, das von einem Sonnenstrahl getroffen wurde.

»Herrgott, ist das Mädel reizend!«, sagte er zu sich selbst und zwang sich gewaltsam zur Ruhe. Nach einigen Briefen diktierte er ihr noch ein Aktenstück, wovon sie ihm auch eine englische Übersetzung liefern sollte, und dann sprang er auf.

»So, nun schreiben Sie mir das alles auf der Maschine ab. Wenn Sie fertig sind, legen Sie es mir vor. Klopfen Sie aber erst an und warten Sie, bis ich zum Eintritt rufe, denn ich habe jetzt Sprechstunde und will nicht gestört sein, wenn ein Klient bei mir ist.«

Margot entfernte sich mit einer Verneigung.

Eine ganze Weile starrte er auf die Tür, hinter der sie verschwunden war.

»Schade, dass sie in einer dumpfen Schreibstube verblühen muss. Ich möchte sie einmal in einer eleganten Abendtoilette sehen – in zarte Pastellfarben gekleidet – in Spitzen und Schmuck – und ihre schönen Schultern müssten in einen schmeichelnden Pelzmantel gehüllt sein.« – Aber dann ärgerte er sich über seine Gedanken, drehte sich energisch aus dem Absatz um und ließ sich wieder an seinem Schreibtisch nieder. Er klingelte, um einen Klienten hereinzurufen.

Fast zwei Monate war Margot in ihrer Stellung. Sie hatte sich in ganz überraschender Weise eingearbeitet, und Doktor Görring wusste nicht, was er mehr an ihr bewundern sollte, ihre Arbeitskraft, ihren blendenden Stil, ihr tadelloses Englisch oder – ihre reizende Persönlichkeit. Täglich arbeiteten sie stundenlang zusammen. Margot gewann einen genauen Einblick in seine Gedankenwelt und war glücklich, dass sie ihm folgen konnte und ihn zufriedenstellte. Schon nach Verlauf des ersten Monats hatte er ihr Gehalt wesentlich erhöht. Auch diesmal hatte er die Regelung durch den Bürochef vornehmen lassen, es widerstrebte ihm, mit ihr von Bezahlung zu sprechen. Mehr und mehr erkannte er, was für eine fein gebildete, taktvolle Persönlichkeit sie war, und ihre Anmut und Lieblichkeit entzückten ihn von Tag zu Tag mehr. Sie ahnte nicht, wie schwer es ihm wurde, ihr immer mit der ruhigen geschäftlichen Sachlichkeit zu begegnen. Margot war auch viel zu sehr mit ihrer Arbeit und mit ihrem eigenen rebellischen Herzen beschäftigt, als dass sie auf ihn hätte achten können. Nur wurde ihr manchmal so seltsam wohl und wehe unter seinem Blick. Es lag ein Glanz darin, der sie erzittern und die Farbe in ihrem Gesicht abwechselnd kommen und gehen ließ.

Sie wusste längst, dass ihm nicht nur ihre Dankbarkeit, sondern auch ihre Liebe gehörte, aber sie war viel zu vernünftig, als dass sie irgendwelche Wünsche an diese Liebe geknüpft hätte. Sie war nur unaussprechlich glücklich, dass sie ihm dienen durfte, dass sie täglich in seiner Nähe weilen und seine warme, sonore Stimme hören durfte.

In diesen Tagen sollte der große Prozess, den er gegen die englische Gesellschaft führte, entschieden werden, und Margot war nicht weniger erregt wie er selbst. Als der Tag der Entscheidung gekommen war, wartete Margot fieberhaft erregt auf sein Kommen. Und er hatte dann kaum sein Zimmer betreten, als er auch schon Margot zu sich rief.

»Fräulein Delius, ich habe den Prozess gewonnen«, sagte er strahlend.

Sie drückte die Hände auf das Herz und sagte mit einem befreitem Aufatmen:

»Gott sei Dank!«

Diese Worte und das befreite Aufatmen berührten ihn seltsam.

»Sie atmen ja genauso befreit auf, wie ich selber es getan habe«, sagte er.

»Ich weiß doch, wie viel für Sie davon abhängt, Herr Doktor. Ich habe doch den Gang des ganzen Prozesses verfolgen können, und wenn ich auch sicher war, dass Sie gewinnen mussten, so wusste ich doch auch, dass es nur an einem Haar hing. Nun bin ich so froh, dass Sie gesiegt haben.«

Es wurde ihm so warm und wohl ums Herz. Zum ersten Mal kam es ihm zum Bewusstsein, dass er einen Menschen hatte, der zu ihm gehörte, der sich an seinen Erfolgen freute und seine Misserfolge, die zum Glück sehr selten waren, mit ertragen half. Und er fühlte, dass dieses Mädchen – seine Angestellte – mit ihrem ganzen Herzen bei seinem Werke war. Das löste eine eigenartig frohe Stimmung in ihm aus.

»Ja«, sagte er, »es ist ein großer Erfolg für meinen Klienten sowohl wie für mich. Und Sie haben mir wacker dabei geholfen, die Kniffe und Winkelzüge der englischen Gesellschaft unschädlich zu machen. Durch Ihre exakte Übersetzung ist mir vieles leichter geworden. Das muss ich Ihnen sagen. Und – ich möchte Ihnen so gern eine kleine Freude machen. Wollen Sie heute Abend in die Oper gehen oder in das Deutsche Theater?«

Margots Gesicht rötete sich jäh. Er fand diesen Farbenwechsel entzückend.

»Sie sind sehr gütig, Herr Doktor, aber ich erfülle nur meine Pflicht, und daher möchte ich mich nicht besonders belohnen lassen.«

Er, der gewiegte Frauenkenner und Weltmann, wurde verlegen wie ein Schuljunge unter ihrem ernsten Blick. Er hätte ihr gern viel mehr zuliebe tun mögen, doch hatte er es noch nie gewagt. Ja, er wagte es wirklich nicht, etwas in Margots Wesen erlaubte ihm nicht das geringste Anerbieten. Sie hatte bei aller Bescheidenheit so etwas Unnahbares, Damenhaftes, dass er ihr trotz seines immer stärker werdenden Interesses noch nicht einen Schritt näher gekommen war, so sehr er auch danach verlangte. Und nun hatte er glücklich einen Einfall bekommen, wie er ihr eine kleine Freude machen konnte – aber sie ging auch darauf nicht ein.

»Es soll ja gar keine Belohnung sein – das wage ich Ihnen gar nicht anzubieten, weil ich genau weiß, dass Sie das zurückweisen würden. Ja, so genau kenne ich Sie nun schon. Aber – weil – nun ja, weil ich heute über meinen Erfolg so froh bin, möchte ich auch andern Menschen eine kleine Freude bereiten. Und – ich habe Sie neulich so ganz versunken vor einer Plakatsäule stehen sehen; Sie studierten sehnsüchtig die Theaterzettel. Ich habe zufällig zwei Karten für das Deutsche Opernhaus und zwei für das Deutsche Theater. Ich kann aber diese Karten nicht benutzen, weil ich heute Abend eine Einladung habe – und – da wollte ich zwei Karten Ihnen und Fräulein Strauß und die beiden anderen Frensen und seiner Frau anbieten. Sie aber sollen die erste Wahl haben.«

Er war froh, dass er sich glücklich herausgeredet hatte. Die ernsten grauen Augen irritierten ihn zu sehr. In Wahrheit besaß er natürlich keine von den Karten, es sollte nur alles ganz unverfänglich aussehen. Einen Moment hatte er sogar daran gedacht, sich selbst als Begleiter Margots zu einem Theaterbesuch anzubieten. Das war ihm aber unter ihrem ernsten Blick vergangen. So eine Vertraulichkeit würde ihm Margot sicher nicht gestatten. Da er ihr aber doch so gern eine Freude gemacht hätte, suchte er nun nach einem Ausweg. Und Margot konnte ohne Bedenken annehmen. Und er hatte die Genugtuung, dass Margots Augen freudig aufglänzten. Ja, das konnte sie unbesorgt annehmen. Ihre Mutter hatte ihr so oft gesagt: Wer Geschenke annimmt, ohne sich dafür in gleicher Weise erkenntlich zeigen zu können, vergibt seine Freiheit. Und das hatte sich Margot eingeprägt.

Wenn aber Doktor Görring einigen seiner Angestellten die Theaterbillette abließ, dann durfte sie auch eines annehmen. Es freute sie, dass er ihr die erste Wahl ließ.

»Wenn es so ist, Herr Doktor, danke ich Ihnen sehr, und wenn ich wählen darf, entscheide ich mich für das Deutsche Theater.«

Er freute sich wie ein Kind, dass er die Sache so fein eingefädelt hatte.

»Also gut, Fräulein Delius, ich lasse die Karten nachher von meiner Wohnung aus hierherschicken. Und ich wünsche Ihnen viel Vergnügen heute Abend.«

»Vielen Dank, Herr Doktor.«

Dann gingen sie zu ihren Geschäften über. Während er ihr diktierte oder wenigstens die nötigen Stichworte gab – meist genügte das bei ihrer Intelligenz –, ging er im Zimmer auf und ab. Dabei sah er aber immer wieder wie hypnotisiert auf ihre schönen, schlanken Hände und auf ihr geneigtes Köpfchen herab. Und es zuckte ihm in den Fingerspitzen, ihren Kopf zu fassen und seine Lippen auf die ihren zu pressen. Immer wieder musste er sich energisch zur Ordnung rufen.

»Sei vernünftig«, sagte er sich, »das Mädel ist zu schade zu einer Liebelei, und ernsthaft – nein – ernsthaft kannst du das doch nicht nehmen – du kannst doch schließlich nicht deine Stenotypistin heiraten.«

Nein, das konnte er nicht, darüber wollte er wenigstens keinen Zweifel in sich aufkommen lassen. Und deshalb hielt er sich in der nächsten Zeit immer wieder Vernunftpredigten, wenn ihn die Sehnsucht, Margot in seine Arme zu reißen, überkam.

Er hatte seinem Diener telefoniert, zwei Karten für das Deutsche Theater und zwei für das Opernhaus zu besorgen und ihm in das Büro zu bringen. Er verteilte die Karten.

Margot gab sich am Abend dem Genuss der Vorstellung mit großer Inbrunst hin.

Am nächsten Morgen, als sie wieder zu Doktor Görring ins Zimmer trat, fragte er lächelnd:
»Nun, Fräulein Delius, wie hat es Ihnen im Theater gefallen?«
Ihre Augen leuchteten auf.
»Wunderbar, Herr Doktor! Ich bin Ihnen dankbar, das war ein Erlebnis für mich. Fräulein Strauß war auch sehr beglückt, aber mit so viel Teilnahme folgte sie den Vorgängen auf der Bühne doch nicht. Früher bin ich oft in das Theater gegangen, aber jetzt kann ich mir das nicht gestatten.«
»Bezahle ich Sie denn so schlecht?«, scherzte er.
Sie schüttelte erschrocken den Kopf.
»Nein, o nein, das will ich damit nicht sagen. Aber vorläufig brauche ich mein Gehalt noch so nötig für andere Dinge. Ich muss mich erst ein wenig besser ausstatten, weil ich alles, was ich noch an Garderobestücken besaß, verkaufen musste.«
Es stieg heiß in ihm auf – es rührte ihn, wie schlicht sie von den herbsten Entbehrungen sprach.
»So schlimm ist es Ihnen ergangen?«, fragte er heiser.
Ein reizendes Lächeln flog über ihre Züge.
»Es ist nun vorbei, und langsam komme ich wieder vorwärts. Wenn ich nur meine Stellung bei Ihnen behalten darf – wenn Sie nur zufrieden mit mir sind.«
Er strich sich über die Stirn, als sei ihm zu heiß. Herrgott – so ein liebes, süßes Mädel – und er musste den gestrengen Herrn Chef markieren, statt es in seine Arme zu nehmen und es nach Herzenslust zu küssen. Er zwang sich, möglichst ruhig zu erwidern:
»Darum brauchen Sie sich nicht zu sorgen, Ihre Stellung ist Ihnen sicher, so lange Sie wollen. Und – ich bekomme so oft

Theaterbillette, für die ich keine Verwendung habe. Sie würden mir einen Gefallen tun, wenn Sie die Karten benützten. Ich möchte sie nicht gern verfallen lassen, und ich glaube, die anderen Herren und Damen im Büro haben kein rechtes literarisches Verständnis.«

Margot lachte leise. Sie sah so schelmisch aus, dass er fast den Verstand darüber verlor.

»Das ist sehr liebenswürdig Herr Doktor, und wenn Sie wirklich einmal für die Karten keine andere Verwendung haben sollten, dann nehme ich gern an.«

Er suchte nun seine Zuflucht hinter einem dicken Aktenbündel und vertiefte sich in die Geschäfte.

Wieder vergingen Wochen, in denen Heinz Görring einen erbitterten Kampf gegen die Neigung für seine schöne Stenotypistin führte. Margot hatte noch verschiedene Male Theaterbillette von ihm bekommen, aber er wagte es nicht, ihr seine Gunst zu oft zu zeigen. Ab und zu schenkte er auch Fräulein Strauß oder einem anderen Angestellten eine Karte. Dann wählte er immer Stücke mit seichtem, lustigem Inhalt. Margot aber suchte er immer wieder abzulauschen, was sie gern sehen möchte. Sie zeigte ihm jedes Mal eine so große Dankbarkeit, dass er sich fast beschämt fühlen musste.

Und wieder kam Margot eines Morgens in sein Zimmer. Er hatte einen sehr schwierigen Ehescheidungsprozess in Bearbeitung und diktierte ihr einen langen Brief an den Rechtsanwalt der Gegenpartei. Als er zu Ende war, sagte er lächelnd:

»Was die Menschen alles versuchen, um eine Ehe zu lösen, in die sie vor gar nicht langer Zeit mit fliegenden Fahnen hineingestürmt sind.«

Margot strich sich leicht einige lose Härchen aus der Stirn.

»Es ist traurig, dass sich Menschen, die einander zu lieben glaubten, hasserfüllt trennen können.«

»Diese Ehe war eine wirkliche Liebesheirat, Fräulein Delius, dass weiß ich bestimmt.«

Sie schüttelte ungläubig den Kopf.

»Das kann ich nicht glauben, Herr Doktor, wenigstens nicht vonseiten Ihrer Klientin. Wenn sie ihren Gatten wirklich geliebt hätte, dann würde sie es jetzt nicht über das Herz bringen, ihn in so gehässiger Weise zu beleidigen und zu beschimpfen.«

»Nicht? Was würden Sie wohl anstelle dieser Frau tun, wenn Sie erfahren hätten, dass der Mann, den Sie liebten, Sie betrogen hat?«

»Ich? Oh, ich würde darunter vielleicht mehr leiden als diese Frau, die schon wieder mit dem Gedanken umgeht, einen anderen Mann zu heiraten. Aber ihn schmähen, den ich einst geliebt habe – und dem Manne, dem einst mein Herz gehört hat, einen Nachfolger zu geben – nein, Herr Doktor, das könnte ich nicht.«

»Sie vergessen aber, dass sich diese Frau in einer Notlage befindet. Wenn sie ihrem Manne nicht gerichtlich nachweist, dass er schuldig ist, dann ist er nicht verpflichtet, für sie zu sorgen. Und sie hat kein Vermögen und kann das gewöhnte luxuriöse Leben nicht entbehren.«

Margot atmete hastig, wie ein erregtes Kind.

»Ich anstelle dieser Frau wurde mir lieber die Finger blutig arbeiten, um meinen Unterhalt zu verdienen, als dass ich noch einen Pfennig von dem Manne annehmen würde, den ich geschmäht habe.«

Er glaubte ihr das. Keinen Moment zweifelte er an ihrer vornehmen Gesinnung. Und sie konnte nicht höher in seiner Achtung steigen.

Es kamen jetzt zuweilen Stunden, in denen er sich fragte: »Warum soll es mir eigentlich nicht möglich sein, meine Stenotypistin zu heiraten. Sie ist klüger, feinsinniger und vornehmer als die meisten Frauen aus meinem Gesellschaftskreise. Niemand hätte ich Rechenschaft abzulegen, wenn ich sie zu meiner Frau machen wollte.«

Und immer schwerer wurde es ihm, seine Ruhe in ihrer Gegenwart zu behaupten. Viele Frauen hatte er schon kennengelernt und manche war ihm vorübergehend lieb geworden, aber immer war schnell die Enttäuschung gekommen. Für Margot hegte er unbedingt eine tiefere und stärkere Neigung. Er kannte sie so gut, wie ein Mensch den anderen zu kennen vermag. Jede Regung ihrer Seele vermochte er von ihrem ausdrucksvollen Gesicht abzulesen und immer mehr erkannte er den hohen Wert ihrer Persönlichkeit. Keine Frau war ihm je so viel wert gewesen wie dieses tapfere, unverzagte Mädchen, und bei keiner hatte er ein so tiefes Verständnis für alles gefunden, was ihn bewegte und beschäftigte. Keine hatte er so hoch geachtet und so innig geliebt wie Margot. Ja, er liebte sie – liebte sie so sehr, dass er seine Leidenschaft für sie so lange bezwungen hatte, um sie nicht zu beunruhigen. Denn dass seine Liebe erwidert wurde, hatte er längst bemerkt. Ihr Erblassen und Erröten, wenn sein Blicke dem ihren begegnete, das Zittern ihrer Hände, wenn sie ihm ein Schriftstück vorlegte und er dabei ihre Finger berührte, ihr Zusammenzucken, wenn er unerwartet vor ihr stand – alles verriet ihm genug, obgleich sie sich sonst immer in der Gewalt hatte und trotz aller Bescheidenheit stolz und unnahbar blieb.

Er fand schließlich keine Ruhe mehr, wenn sie nicht in seiner Nähe war. Mehr und mehr zog er sie zu seiner Mitarbeiterin heran und freute sich, wenn sie scheinbar schon jeden Gedanken von ihm erriet, ehe er ihn aussprach. Auch freute er sich an ihren klugen, scharfsinnigen Antworten, wenn er mit ihr über irgendeinen Fall disputierte. Immer traf sie den Nagel auf den Kopf. Sie hatte ein bewundernswertes natürliches Rechtsgefühl, sodass sie jedem strittigen Fall die rechte Deutung zu geben wusste.

Dieses Mädchen musste ein Lebenskamerad für ihn werden, wie er ihn sich immer gewünscht hatte.

Noch quälte er sich aber immer wieder mit Vernunftgründen ab, noch immer sagte er sich: »Du kannst doch deine Untergebene nicht heiraten, du machst dich doch lächerlich vor deinen Standesgenossen.«

Aber diese Einwände verblassten mehr und mehr.

Und eines Tages kam Margot wieder in seinem Zimmer, Sie trug ein neues Sommerkleid aus duftigem Stoff, das in einer zarten Fliederfarbe gehalten war. Dieses Kleid hatte sie sich an ihren freien Sonntagen selbst gearbeitet, den Stoff kaufte sie billig. Auf diese Weise vervollständigte sie ihre Garderobe und war jetzt immer sehr gut angezogen. Sie war eine von den Frauen, die in den schlichtesten Kleidern vornehm und elegant aussehen. Das fliederfarbene Kleid stand ihr besonders gut. Sie hatte es angelegt, da sie am Abend in das Theater gehen wollte, denn Doktor Görring hatte ihr wieder einmal ein Billett geschenkt.

Sie hatte keine Ahnung, wie entzückend sie aussah. Der golden flimmernde Haarknoten lag weich auf dem edel geformten Nacken. Doktor Görring sah sie immer wieder an, und in seinen Blicken lag eine heiße Unruhe. Margot fing einen Blick auf, und ein beklemmendes Gefühl der Angst überkam sie. Er spürte ihre heimliche Erregung, und das brachte ihn vollends um seine Ruhe. Er vermochte nicht mehr ruhig auf seinem Platz sitzen zu bleiben. Während er ihr ein Schriftstück diktierte, ging er auf und ab. Zuweilen blieb er stehen und sah auf sie herab. Ihr weißer Nacken leuchtete verführerisch zu ihm auf. Und – nicht mehr fähig, sich zu beherrschen, beugte er sich plötzlich herab und presste seine Lippen auf ihren Nacken.

Sie zuckte zusammen wie unter einem Schlag, fuhr jäh empor und sah ihn mit einem Blick an, der ihm ins Herz drang. Und dann liefen große Tränen über ihre Wangen. Ihr stummes, verzweifeltes Weinen erschütterte ihn sehr.

»Fräulein Margot!«, rief er flehend.

Sie richtete sich in stolzer Abwehr auf.

»Ich bitte um meine sofortige Entlassung, Herr Doktor!«

Er sah sie erschrocken an, und mit einem Mal waren seine Bedenken verflogen. Er fasste ihre Hand.

»Verzeihen Sie mir, Fräulein Margot, zu lange habe ich gekämpft, nun war meine Beherrschung mit einem Mal vorüber. Es ging über meine Kraft, ein liebes Mädchen wie Sie täglich vor Augen zu haben und zu entsagen. Bitte verzeihen Sie mir!«

Sie wischte hastig die Tränen fort. Sie zwang sich zur Ruhe und sagte leise:

»Ich verzeihe Ihnen, Herr Doktor, denn ich will nicht vergessen, dass Sie mein Retter in der Not waren und mich engagierten, als ich nicht mehr aus noch ein wusste, aber – ich darf nun nicht mehr bleiben, darf nie mehr mit Ihnen allein sein. Erlauben Sie, dass ich meine Tätigkeit sofort aufgebe.«

Er aber hielt sie an beiden Händen fest, er wusste, dass er es nicht ertragen kannte, sie zu verlieren.

»Nein, Margot, ich gestatte Ihnen das nicht, im Gegenteil, ich will Sie festhalten – für alle Zeit.«

Sie verstand ihn nicht und wurde noch bleicher.

»Ich aber werde mich nicht halten lassen, Herr Doktor, ich habe nichts zu verlieren, als mich selbst, und – ich weiß nicht, wie weit meine Kraft reicht.«

Die letzten Worten klangen nur wie ein Hauch an sein Ohr. Er hielt aber ihre Hände noch immer fest.

»Du liebst mich, Margot, ich weiß es, du liebst mich. Deine Augen können nicht lügen«, sagte er in heißer Freude.

Ein trauriger Blick aus ihren Augen traf in die seinen.

»Ich schäme mich nicht, Ihnen meine Liebe zu gestehen. Sie waren gut zu mir – und Ihnen danke ich, dass ich aus meiner Not errettet wurde. Aber Ihr Spielzeug darf ich nicht sein – bitte, lassen Sie mich gehen.«

Mit ausbrechender Leidenschaft zog er sie in seine Arme, ohne auf ihre Abwehr zu achten.

»Glaubst du denn, Margot, dass ich noch leben könnte, ohne dich täglich zu sehen und deine liebe weiche Stimme zu hören? Nein, ich liebe dich zu sehr, um je von dir lassen zu können. Und zum Spielzeug bist du mir viel zu wertvoll. Hätte ich dich zu meinem Spielzeug herabwürdigen wollen, dann hätte ich nicht so lange mit mir gekämpft. Nein, mein süßes Herz, zittere doch nicht so angstvoll in meinen Armen, du sollst meine Frau werden, meine süße, liebe Frau, mein tapferer Lebenskamerad. Ich kann nicht mehr ohne dich sein. Nicht wahr, Margot, meine Frau willst du doch werden?«

Sie erbebte und sah ihm angstvoll forschend in das Gesicht.

»So ein Glück gibt es doch für ein armes Mädel nicht?«, sagte sie mit verhaltener Stimme.

»Glaube doch daran, mein liebes Herz. Sieh mich an mit deinen schönen Augen, liest du etwas anderes in den meinen als treue, ehrliche Liebe und unbedingte Hochachtung?«

Sie sah ihn an, und ihr Blick schmolz unter dem seinen in Weichheit und Glückseligkeit. Ihre Lippen fanden sich im ersten, heißen Liebeskuss, und das ernste, stille Amtszimmer wurde ein Tempel des Glücks.

Printed in Poland
by Amazon Fulfillment
Poland Sp. z o.o., Wrocław
13 August 2023

4f4c312e-5377-437b-a53b-45694ee02e97R01